彩虹谷雲怪獸系列
夏日的黑鳥疑雲
王宇清——文
邱　惟——圖

彩虹山脈下的彩虹谷

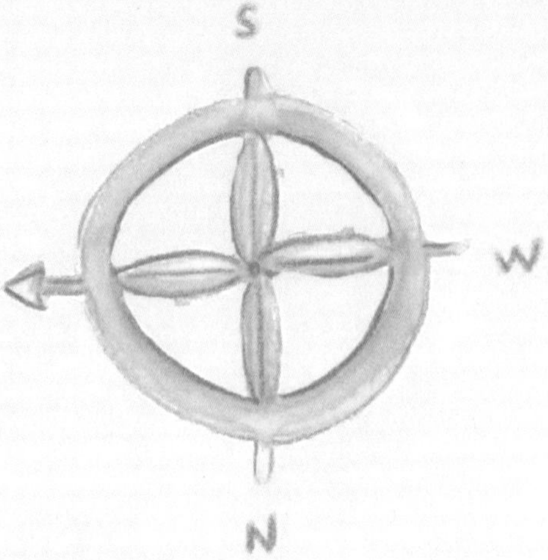

彩虹山脈由七座山所組成。彩虹

谷位於山脈之間，
這裡住著一群虔誠
又純樸的彩虹谷谷
民——
還有守護谷民
的雲怪獸和雲怪獸
寶寶。

歡迎來到彩虹谷

可愛溫馨又趣味橫生的部落故事，看著書中居民如何互相幫助、分享快樂，讓人對他們的溫暖感同身受，心裡不禁流過一絲暖意。

——六十九（插畫家）

這本書是茫茫書海裡的一劑暖心針。故事玲瓏可愛，文辭優美真誠，平凡的生活小事件也能寫出豐饒新滋味，全賴於作者匠心獨具。

——亞平（童書作家）

邀請您一起來彩虹谷，抓秋陽下的金甲蟲，聽彩虹稻浪的聲響，陪雲怪獸放風箏，感悟與萬物共情的柔軟，如溫煦的彩虹，能點亮生活。——汪仁雅（繪本小情歌版主）

非常可愛的兒童故事，彼此默默著想與付出，所有小事都這麼動人。雲怪獸就是童心與愛啊，我也想遇到雲怪獸！

——張英珉（文學作家）

雖然作者聲明，並不想傳達什麼道理，但《彩虹谷的雲怪獸》確實展現出對於兒童生活的細膩觀察。它以溫柔的同理，陪幼兒把日常變成奇妙的幻想遊戲。

——周惠玲（兒童文學研究者）

彩虹谷雲怪獸系列

彩虹谷的雲怪獸

彩虹谷雲怪獸系列

春日慶典的
意外事件

養育子女一直都是新手父母的一大挑戰，在這過程中也容易因為忙碌、擔憂而在家庭關係上顧此失彼，冷落了既有的家庭成員。本書以輕鬆活潑的方式點出這個難題，再以家庭成員之間彼此幫助來化解，讓人感到溫馨又趣味。

——六十九（插畫家）

七彩繽紛的生花筆，赤子之心的桃花源。

——林哲璋（童話作家）

從字裡行間感受到滿滿的包容和溫度。邀孩子共讀，一起細細感受家人間那份難得的密實牽絆吧！

——陳虹伃（插畫繪本作家）

沒有壞蛋或反派的故事會精采刺激嗎？這本書就是答案喔！這是一本由許多可愛、善良、純真的奇幻生物一起演出的生活故事。沒有壞人，但人人會犯錯；沒有暴力，但處處有張力。而且在大家互相幫助、互相守護下，不僅解決一個個衝突和難題，也成為彼此心中的亮光。

——劉思源（童書作家）

作者的話——

成爲彼此的守護神

你曾經失去信念嗎？

我們總會期許自己在任何時候都能保持正向樂觀、充滿勇氣，但這樣的人，實際上寥寥無幾。

生命中的無常，總有辦法瞄準你心裡最脆弱的地方，有時幾乎將你擊潰。

原本無比堅定的信念，動搖了，世界彷彿就要坍塌。

我們甚至質疑起全心倚賴的神明，埋怨祂（們）不夠盡責，卻又不免為此感到惶恐不安。

有所求，因為我們是凡人。

有迷惘，因為我們是凡人。

有憤怒、脆弱、失望，只因為我們是凡人。

若上天有靈，祂（們）應是寬容慈愛的，我相信一切都會被理解，被概括承受。無論我們滿不滿意，祂（們）也一定無時無刻，一直、一直為我們努力著。

這個世界充滿不安，悲慘、哀傷的事件無時無刻在發生。對孩子、對大人來說，都是考驗。允許自己脆弱，也允許別人脆弱，成為能夠繼續前行的重要功課。

沒有人知道未來會如何，好運不會想要就來。慌亂、悲觀、憤怒卻會導致內心門戶大開，更多的厄運總在此時趁隙而入。

當面臨脆弱、信仰潰散的時候，該怎麼辦呢？

在上天偶爾力有未逮的時分，我們更要成為彼此的守護神。只要互相依靠，就能凝聚支撐和穩定的力量。

這些便是寫作這一集雲怪獸故事時，在我心中流動的念想。

人生之河上，難免飄搖。願所有的孩子與大人，都能得到穩住船帆的護持之力；偶爾失去的勇氣和希望，終能復得。

衷心期盼這一集的雲怪獸故事，能為各位帶來樂趣和撫慰。

目次

彩虹山脈下的彩虹谷——4

歡迎來到彩虹谷——6

作者的話 成為彼此的守護神——8

角色介紹——12

1. 彩虹谷之夏——17

2. 夏天的滋味——25

3. 彩虹谷的夏夜——35

4. 喇呼呼的故事——45

5. 奇怪的風——65

6. 夜半訪客——81

7. 下一個病人——91

8. 謎樣的綠藻 105
9. 深夜靈感 121
10. 鐵米的偵查 131
11. 緊急會議 145
12. 安神祈福儀式 155
13. 奇異的訪客 165
14. 星福鳥 179
15. 葡吉的計謀 191
16. 流星雨奇景 201
17. 告別 213
18. 幸福的夏天 223

角色介紹

雲怪獸與雲怪獸寶寶

雲怪獸是彩虹谷的守護神，雲朵是她最喜歡的食物。只要打飽嗝，就會在天空吐出彩虹。可愛又調皮搗蛋的雲怪獸寶寶，是彩虹谷最受寵愛的小守護神。

古拉、努莎、亞比與鐵米

古拉是彩虹谷的巫醫，妻子努莎是彩虹谷頂尖的廚藝高手。機靈的亞比是爸爸、媽媽的最佳小幫手，小狗鐵米是她們一家的好夥伴。

葡吉

亞比的同班同學，也是雲怪獸寶寶的好麻吉。

卡路

喜歡跟葡吉唱反調，有空就鬥嘴的卡路，是孩子群中膽子最大的一個。

妲瓦

年紀比較小的妲瓦，很容易被小動靜嚇得掉眼淚，但心地善良的她，特別討人喜歡。

露芽

亞比的好朋友。即使自己內心也擔心、害怕，但是她仍會鼓起勇氣照顧身邊的人。

力波爺爺

心靈手巧、身強體健的樵夫。他親手製作的木船，是陶鍋湖上最亮眼的風景之一。熟知彩虹谷歷史，是孩子們心中的說故事高手。

魯歐

亞比的叔叔。他是愛美食的饕客，彩虹谷的第一吹笛手，也是彩虹谷的藥草師。

菇菇亞和沙拉花

個性活潑的菇菇亞是一名飛行冒險家。她的旅伴——沙拉花很擅長畫畫。她們駕著飛船來到彩虹谷，尋找她們另一名重要的旅伴。

1

彩虹谷之夏

「耶嘿！可以玩水囉！」

一群孩子們像是一顆顆從山上滾落水中的石頭，接二連三在湖面激起大大小小的水花。

「夏天，就是要玩水啊！」

「耶！」

有個男孩的聲音特別精神，特別嘹亮。

不用說，那肯定是葡吉。要幫忙工作，他就唉聲嘆氣，拖拖拉拉，但是只要遊戲時間一到，他跑得比誰都快，玩得比誰都瘋。

豐沛的冬季融雪與春季雨水，在夏日男孩極度熱情的吆喝

下，把彩虹山脈當成七彩滑水道，嘩啦嘩啦溜下山谷，為彩虹谷的每條溪流和每個湖泊都注入滿滿的清涼，也讓整片彩虹谷望眼所及，盡是藍藍水色。

在火熱的大太陽下，一股腦兒跳進冰涼的湖中，嗶嗶剝剝的銀色氣泡瞬間包覆全身。喔！天啊，真是太暢快了！連靈魂都浸泡得冰冰涼涼，暑氣全消；就像吃火鍋時搭配清涼的飲料，一樣痛快。

每個孩子一下子像魚兒在水裡翻滾，一下子浮出水面瘋狂潑水，惹得同伴發出驚叫和大笑。孩子們歡快的笑聲，像是冰晶一樣，在豔陽下閃閃發光。

瘋了一陣之後，此刻他們全都安靜下來。

大夥兒一起漂浮在水面上，仰看天空中的雲朵和彩虹。由於身上被施展了冰涼的魔法，不管陽光如何毒辣，仍舊感覺通體清涼，一點都不怕。

只要不下田，不作功課，孩子們雖然常常熱得哇哇叫，心裡卻很喜歡夏天。因為只要有水可以玩，再炎熱的夏日都可以保有快樂心情。

葡吉瞇著眼睛，像個幸福到極點的傻瓜，傻傻的微笑。

才不久前，他可是完全不同的模樣——

「哎呀，可惡！」

「真討厭！」

「熱死人了啦！」

葡吉身體裡的煩躁全被火辣的太陽蒸發出來。要不是鐵米時時刻刻在田裡巡視，一看見葡吉偷懶，就發出汪汪汪的警告聲，恐怕葡吉早就溜得不見人影了。

其實也不能全怪葡吉。

說實話，彩虹谷夏日的農地就像是熱氣和雜草建造的地獄。雜草在這個時節，像小流氓似的和農作物搶土地；它們的根扎得老深，比賴皮鬼還難纏。它們還會呼朋引伴，勢力龐大，拔草的

人得用盡吃奶的力氣，才能強迫它們離開土壤；用不了多久時間，大夥兒就會滿身大汗，精疲力盡。因此不分男女老幼，都要到田裡幫忙。

孩子們一開始還能興奮的和它們拔河，最後卻叫苦連天，看了就怕。就這樣耗盡全力後，終於得到大人的允許，孩子們痛痛快快的玩起水來。

2

夏天的滋味

在水裡玩了好一會兒，孩子們也都有些累了。大夥兒紛紛上岸，準備享用清涼的果汁。

夏天是彩虹谷盛產瓜類水果的時節。

充滿濃郁花香，又帶有蜂蜜香甜的「花蜜瓜」，擺一顆在家，整間屋子都是香的；有一入口酸得讓人牙根發軟，咀嚼到最後卻滿嘴甜蜜蜜的「好酸甜瓜」；最受孩子喜歡的是「一把果」，奇特的三角錐造型，像嬰兒的指甲一樣小巧，口感爆脆又多汁，孩子們順著果穗往下一抓，一次可以抓滿一把；「扭扭蛇瓜」瓜如其名，又長又捲，比一個小孩子身高還高，咬破末端後，吸食裡面薄荷涼感的超涼果汁，最是痛快……彩虹谷夏季的瓜果，種

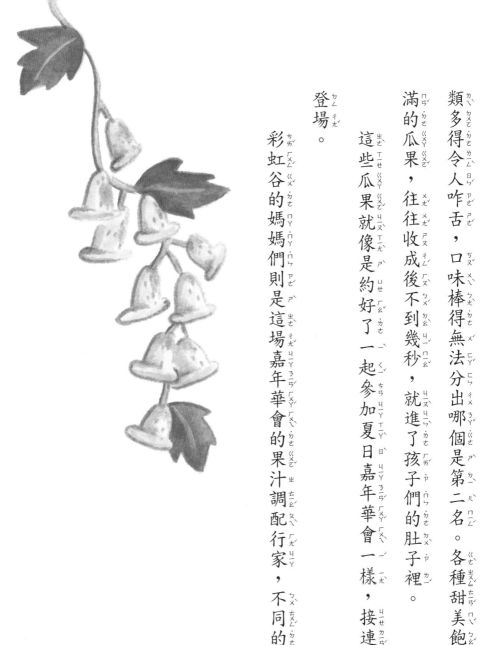

類多得令人咋舌，口味棒得無法分出哪個是第二名。各種甜美飽滿的瓜果，往往收成後不到幾秒，就進了孩子們的肚子裡。這些瓜果就像是約好了一起參加夏日嘉年華會一樣，接連登場。

彩虹谷的媽媽們則是這場嘉年華會的果汁調配行家，不同的瓜果搭配、巧妙的比例，加上各種蔬菜汁、堅果、香料等私房配方，創造出每家不同的甜蜜滋味，簡直是一群不可思議的果汁魔法師。

孩子們總會把裝了獨家果汁的水壺放入湖水冰鎮，回頭就能暢飲清涼得讓人飛起來的果汁囉！

只見孩子們坐在湖邊，你一口、我一口的傳飲彼此的果汁。喝完之後，每個人的肚子裡就融合了彩虹谷所有夏日瓜果的美好滋味。

雲怪獸寶寶發現到果汁時間到了，嘴饞得立刻湊到葡吉身

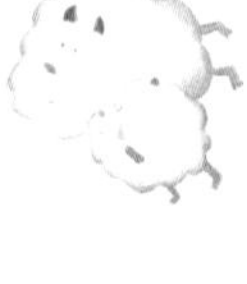

邊，一直流口水。

「嘿！別急別急，」葡吉看了雲怪獸寶寶的可愛模樣，忍不住笑了出來，「我媽有特別準備給你的，還特別用超大的罐子裝喔！」

葡吉趕忙跑到湖邊撈了半天，這才想到，他今天急著出門玩水，根本把水壺給忘了。

「哎呀，我竟然忘了帶果汁！」葡吉懊惱的大叫。

「喔喔～葡吉今天不能和我們交換喝囉。」說話的是葡吉的死對頭卡路，兩個人平常老是鬥個沒完。

「小氣鬼，不喝就不喝。」臭卡路！可是葡吉只敢在心裡生

悶氣，的確是自己太粗心了。

「唉……」他垂頭喪氣的一個人坐到樹下，故意離大家遠一點，此時一個瓶身沁著水珠的水壺出現在眼前。

「葡吉，我的給你喝吧。」亞比坐到葡吉身邊。

「還是亞比最好了～～」葡吉一把抓過來，咕嘟咕嘟猛灌。

「好好喝！亞比媽媽的果汁最好喝了！」

「你別喝光了呀，我都還沒喝耶。」亞比嘴巴雖這麼說，卻沒有阻止葡吉猛灌。

「好啦……人家就口很渴啊……」葡吉知道自己太過分了，可是口真的好渴。他很不情願的把水壺還給亞比。

還想喝！還不過癮啊！葡吉正在心中碎念著，卻發現自己忘記的水壺，竟在眼前晃呀晃。

咦？怎麼回事？葡吉抬頭一看，竟然是雲怪獸寶寶叼著水壺出現在他眼前。

「莫非……」葡吉詫異的瞪大眼睛，「你是特地回去幫我拿的？」

「普——計！」雲怪獸寶寶扭了扭屁股。

「謝謝你！」葡吉感動得摟住雲怪獸寶寶，又親又蹭。

「葡吉，你在幹什麼！竟然要雲怪獸寶寶幫你回家拿水壺？」亞比眼睛瞪得比鐵米的飯碗還大。

「沒、沒有啊！」葡吉嚇得連忙放開雲怪獸寶寶。

「那——為什麼你的果汁突然出現了？」

「那那那……那是雲怪獸寶寶……很貼心啦！」葡吉表情超級冤枉。「我怎麼敢命令他！」

「最好是這樣喔！」亞比還是不太相信。「要是被我發現你亂來，就跟我爸爸說！」

「普——計！」雲怪獸寶寶傻呼呼的喊著葡吉的名字，親熱的磨蹭葡吉的臉。

「真不知道為什麼雲怪獸寶寶這麼愛你耶……」亞比輕輕搖頭，嘆了一口氣走開了。

「嘿，」葡吉小小聲的說，並為雲怪獸寶寶打開瓶蓋，「你不用幫我做什麼啦，不然別人會誤會的……來，快喝吧！」

「普——計！」雲怪獸寶寶傻呼呼的回答，接著大口大口喝起果汁。葡吉不太確定，雲怪獸寶寶到底聽懂了沒有。

「嗯……」葡吉眼睛咕嚕一轉，想了一下，「如果你真的很想幫我，只能在亞比不在，或者她不知道的狀況下喔。」

「普——計！」

「好孩子！」

「葡吉，你又在打什麼鬼主意吼？」走到一半，亞比突然回頭大喊。

「才沒有啦！」葡吉轉頭竊笑。「嘿嘿嘿。」

「我會盯著你，你別想胡鬧！」亞比覺得葡吉真的是讓人很不放心哪！

3

彩虹谷的夏夜

夏天的白天不僅熱，而且時間也比其他季節長。幸好，夏天知道谷民的辛苦，所以用比其他季節更加美好的夜晚來撫慰大家。

夏天的夜晚格外涼爽，仰望夜晚銀光燦爛的星空，讓人暑氣全消。

滿天的星斗，在漆黑夜空熠熠生輝；望著望著，耳畔彷彿迴盪著浪潮的細語；望著望著，一顆心就不自覺被那星海的神祕奧妙深深吸引，有一躍而入的衝動。

沁涼的夏夜，就連蛙兒、蟲兒也感到快活，情不自禁放鬆心情，高聲歌唱。歌聲在清涼夜風中忽高忽低、忽遠忽近的傳送，

讓每顆燥熱的心都靜了下來。

彩虹谷的谷民原本都習慣早早入睡，但特別舒適宜人的夏夜，成了令人珍惜的時光；孩子們也因此被允許在戶外逗留久一點點，晚睡一些些。

夏夜裡，亞比最喜歡的活動，就是乘著木船，在陶鍋湖上聽力波爺爺說故事。

「嘿，今天晚上你們誰想聽故事？」亞比趁著在樹下休息時問大家。

「聽故事！好耶！我要聽！」「我也要！」「也算我一份」

「我也想聽。」

大家反應這麼熱烈，讓亞比好開心。

「好！那我先去跟力波爺爺說一聲。」沒想到，亞比一提到力波爺爺，大家面面相覷，頓時鴉雀無聲。

「我還是在家寫暑假作業好了……」葡吉想起前幾天才被力波爺爺狠狠罵了一頓，連最討厭的暑假作業都抬出來了。其他孩子一聽，也連忙跟進打退堂鼓。

「我不管，葡吉、卡路、妲瓦和露芽你們剛剛都答應了，不許反悔！」亞比一邊點名，一邊用銳利的眼神掃視每個人，這幾個孩子只得垂頭喪氣的答應了。

「好，那吃完晚餐後在我家集合喔！」亞比說完，興高采烈的回家了。

「可惡，都是你啦！誰叫你不問清楚就答應！」卡路忍不住臭罵葡吉。

「那你為什麼跟著一起答應？還怪別人！」葡吉不甘示弱的頂回去。

眼看兩人就要打起來了，想到晚上還得去聽可怕的力波爺爺說故事，小妲瓦著急得要哭出來了，她只能抓住露芽的衣服。

「好了啦！你們兩個真有勇氣就去跟亞比當面拒絕啊！」露芽此話一出，兩隻鬥牛馬上像洩了氣的皮球，垮著臉，拖著沉重的腳步回家了。

「爸爸、媽媽，我要出門了喲！鐵米，快走！」亞比早早吃完晚餐，興沖沖的跑到家門口，伸長了脖子往路的那一頭張望。

「汪汪汪！」鐵米意識到了動靜，馬上出聲提醒亞比：同伴們來了。

「嘿，快一點！我們可以多聽幾個故事！」亞比迎上前去，迫切的要大夥兒趕緊出發，因為陶鍋湖在彩虹谷的谷口，離這兒還有一小段距離——她完全沒注意到大家忐忑不安的神情。

陶鍋湖是彩虹谷最大的湖泊，湖的形狀是不可思議的正圓

形，像一個大土鍋。對於熱愛美食的彩虹谷谷民來說，用陶土燒製成的陶鍋是日常生活裡最重要的器具，帶來飽足和溫暖，最能代表生活裡的幸福。所以陶鍋湖格外受到谷民的喜愛。

陶鍋湖除了形狀特殊、水域遼闊以外，還有一個特色——當湖水豐盈的時候，陶鍋湖就會完美倒映天空的景色，將它煲成一鍋令人看了就垂涎欲滴的絕品好湯。

夜裡，陶鍋湖盛滿了星空，是彩虹谷最適合賞星星的地方。最喜歡星星的力波爺爺，不怕這裡風大容易受寒，即使一個人，也堅持要住在湖邊。

一群孩子以亞比為首，鐵米押後，往陶鍋湖前進。亞比一心一意想著聽故事，邁著急切的步伐飛快的向前走，全然沒有意識到身後的隊伍已成了幾隻蝸牛，當然更沒聽見怕被她聽到而刻意壓低的嘀咕埋怨。

「要去見力波爺爺，我寧願和葡吉在大太陽底下拔草。」卡路唉聲嘆氣。

「你這傢伙，誰想跟你一起拔草啊！」葡吉先是氣憤得握緊拳頭，下一刻卻頹喪得身子瞬間縮小了一號。「不過，跟你一起拔草的確比和力波爺爺待在一起好一點……」

「我想回家了！」小妲瓦緊緊捱著露芽怯怯的說。

「別擔心，我們大家一起，不會有事的。」露芽安慰著小妲瓦，同時也是安慰自己。

一行人走著走著，葡吉一度想開溜，卻被鐵米給趕了回來，還招來卡路一記輕蔑的冷笑。

當孩子們快抵達時，遠遠看見力波爺爺獨自靜靜坐在湖邊等候，亞比立刻迎上前去和他打招呼。

力波爺爺是樵夫。儘管年事已高，他

仍經常上山，為谷民供應木材。爺爺一身結實的肌肉，完全看不出實際的年紀，身子比彩虹谷裡的年輕人更勇健。

最最厲害的是，力波爺爺還是彩虹谷目前唯一一個從沒生過病的人！這可不是隨便就能辦到的事，簡直就是彩虹谷的傳奇。

可是，對亞比以外的孩子來說，眼前端坐在陶鍋湖畔的力波爺爺，嚴肅的面容紋路縱深，強壯的身型散發著令人不寒而慄的威嚴，卡路、葡吉、小妲瓦和露芽光是看到爺爺的身影，就緊張的停下了腳步。

4

喇呼呼的故事

「爺爺，我們都到了。」亞比跑向爺爺身邊，挽著爺爺的手臂說。

爺爺微微點點頭，炯炯有神的看著不遠處的孩子們，四個孩子便不自覺的湊在一起，像是一群被老虎盯上的小老鼠。

「爺……爺爺，我這兩天都有好好的幫忙拔草，沒有偷懶了。」葡吉像是被什麼力量督促著，慌忙保證自己的改過向善。

「力波爺爺，我現在都很乖！」卡路忙不迭地跟進。上回他偷偷在別人（當然是葡吉）的果汁中投鼻屎，不料被正要上山砍柴的力波爺爺逮個正著，立刻挨了一記屁股，至今還感覺火辣辣的呢。

力波爺爺聽完，輪番看了兩人一會兒，好半晌後說：「來吧，上船。」

一聽到要上船，原本怯怯不安的孩子們都興奮起來。這艘木船是爺爺獨自完成的；除了砍柴，爺爺還有一雙做木船的巧手，這個能力倒是讓所有孩子羨慕不已。

據亞比說，在湖上划船看星星，和在岸邊看完全不同，每個孩子都很期待。

他們小心翼翼的攙扶著彼此上船。船搖搖晃晃的，不太容易站穩，但孩子們卻因此感到更加有趣。

爺爺不發一語的等待大家坐穩，還默不作聲的扶住小妲瓦，讓她保持平衡。平時嘰嘰喳喳、鬥嘴個沒完的卡路和葡吉，這時候乖巧得像真正的好孩子，沒有枉費他們剛才的保證。

等大家都舒舒服服坐上了船，爺爺靜靜的搖起槳，穩穩的、筆直的朝湖心划去，孩子們都感覺到那雙臂膀的力量。

當他們抵達湖心時，天色正好全暗，進入了黑色時刻。

哇！滿天壯麗的星斗，倒映在陶鍋湖的湖面上，天上的星空和湖水裡的星空，組合成了一個星空世界，將他們包圍在其中。

此刻，宇宙中只剩下他們和星星。

「看哪！」當孩子們差點兒迷失在星星的世界之際，爺爺蒼

勁的嗓音突然響起，把他們拉回現實。

爺爺高高舉起手，食指直直指向頭頂正上方的星空。

「在天空正中心的，就是雲怪獸星座。」

爺爺一開口，先前還正襟危坐的孩子們，立刻被深深吸引，跟著抬頭望向星空。

哇！真的耶！一隻由星星所組成的雲怪獸，就在他們頭頂上方，好帥氣喲！

「我們彩虹谷谷民的宇宙，是以雲怪獸星座為中心的喲！」爺爺說。

「無論哪個季節，雲怪獸星座永遠在天空的正中央；四周星

星則隨著季節變化，記載著雲怪獸的偉大事蹟。今天，我要說的是夏季星空中，黑鳥妖怪喇呼呼侵襲彩虹谷的故事。」力波爺爺說故事的嗓音悠揚頓挫，和平日訓斥他們時的嚴厲全然不同。

聽到妖怪，孩子們緊張的吞了一口口水。他們瞪大眼睛，豎起耳朵。對向來過著平靜無憂生活的他們來說，妖怪既陌生又可怕，簡直難以想像。

「很久很久以前，」爺爺再度悠悠開口，「有一年夏天，黑鳥妖怪喇呼呼隨著黑夜來到了彩虹谷。看！雲怪獸星座左上方，是不是有幾顆黯淡的星？那就是黑鳥妖怪喇呼呼星座。」

孩子們用力的點點頭。他們真真切切的看見了一隻可怕的黑

色巨鳥。

「喇呼呼是彩虹谷遭遇過最可怕、最邪惡的妖怪——」

「牠很厲害嗎？」出聲打斷爺爺的是葡吉。

爺爺低下頭，靜靜的看著葡吉，一雙眼睛彷彿像是要把葡吉看穿似的。葡吉以為自己惹得爺爺不開心，緊張得縮起身子。其他的孩子也以為爺爺生氣了，不敢說話。

爺爺的眼睛仍然沒有離開葡吉，靜默了幾秒才開口說：「那原本是一個再尋常不過的夏夜，農人們忙完一天的工作，和孩子們一起在星空下，吹著涼風，愉快的聊天。沒想到……」

爺爺的嗓音愈壓愈低，孩子們的心也被慢慢捏緊，他們不自覺挨緊身旁的朋友，尤其是小妲瓦，把亞比的手握得好緊好緊。

呼！

毫無預警的，爺爺嘴裡發出巨大的呼嘯聲，孩子們全被嚇得縮了一下身子，晃動的船身在湖面上激起陣陣漣漪。

「一陣狂風突然襲來，黑夜裡所有的燈火瞬間熄滅……發狂的風幾乎要掀起房子的屋頂，把一切扯成碎片。彩虹谷的谷民只能在伸手不見五指的黑暗中，害怕的躲在被窩裡顫抖，沒有人能夠走出門外。即使是當時偉大的巫醫吉魯塔，也束手無策。」

「沒關係！有偉大的雲怪獸保護我們！」卡路大聲的說：

「不怕！」

「是呀！雲怪獸會為我們擊退黑夜裡可怕的妖怪。」爺爺接下去說：「每一個彩虹谷的谷民，都是這樣深信著。偉大的巫醫吉魯塔也這樣安慰大家……」

「雲怪獸，請趕快把妖怪趕走吧！」小妲瓦鼓起勇氣，大聲呼喊。

「對，請趕走牠！」「消滅牠！」想到雲怪獸，孩子們心裡湧上了希望。

「是呀，我們有雲怪獸。雲怪獸！雲怪獸？雲怪獸！」爺爺邊說邊左右張望。「彩虹谷的谷民不斷期待著、呼喚著。可是，

神聖的雲怪獸卻沒有出現。」

「哇，雲怪獸去哪裡了？怎麼會這樣？」亞比完全不能接受雲怪獸缺席。

爺爺靜靜的搖搖頭。

「沒有人知道。雲怪獸失去了蹤影，沒有出現。」

「嗚嗚嗚……怎麼辦？」小妲瓦忍不住哭了起來，亞比和露芽趕緊摟住她的肩膀。

「怪風連帶吹熄了田裡作物的生命力，眼看彩虹谷連食物都快要不夠吃了，怪風接著又帶來可怕的疾病，許多谷民甚至失去了生命……」

「嗚嗚……」不僅是小妲瓦，就連露芽也急哭了。「怎麼會這樣……雲怪獸不知道嗎？」

「沒有人知道雲怪獸的去向，也沒有人知道怪風的身分。巫醫和勇敢的勇士們，不分日夜的搜尋，卻一直找不出真相，只能眼睜睜任由怪風為非作歹。彩虹谷的白天，失去了色彩。無論蟲兒、鳥兒，大自然裡所有的生命全都消失了蹤影和聲音。夜晚更是可怕。黑暗中，狂風殘暴的攻擊彩虹谷，發出連骨頭都會顫抖的恐怖咆哮……人們日夜祈禱，但沒有任何作用。連最堅強的巫醫吉魯塔，也幾乎失去信心。難道，彩虹谷的末日，就要來臨了嗎？」

孩子們噙著眼淚，緊靠彼此，聚精會神的聽著，害怕爺爺的故事裡不再有任何希望。

「就在大家已經絕望的時候，天空中出現了一個熟悉的身影……那是什麼？」

「是雲怪獸回來了！」孩子們大喊。

「是的，正是偉大的雲怪獸。」爺爺嘴邊的紋路微微上揚。

「萬歲！」孩子們大聲歡呼，小妲瓦破涕為笑。

「同時，在雲怪獸前方，怪風幻化成一隻比黑夜更黑的怪鳥，體型和雲怪獸不相上下。」

「所以，這隻怪鳥就是那陣怪風的真面目！」葡吉差一點兒

從船上站起來，小船晃得激起水花。

「是呀！牠就是陰險狡猾的喇呼呼，挑了雲怪獸最虛弱的炎熱夏天，趁雲怪獸休息、最沒有防備的夜晚，驅動了最強大的颶風，把雲怪獸捲到千萬里之外。當被風吹得七葷八素的雲怪獸終於醒來後，用比狂風更快、比閃電更快的速度趕回彩虹谷。雲怪獸和喇呼呼展開決鬥，天空大地都揚起塵埃，飛沙走石，連太陽亮光都被遮蔽！」

「雲怪獸，加油！」「雲怪獸不會輸的！」孩子們情緒激昂。

「雙方在天空中纏鬥，從白天到夜晚，從夜晚到白天。可是，喇呼呼不僅狡猾又強大，牠的羽毛和利爪，比最強韌的鋼

鐵、最古老的岩石還要堅硬，也比世界上最銳利的刀刃更鋒利。即使是偉大、神聖的雲怪獸，也全身傷痕累累，受到重傷，墜落到地面。」

「怎麼會這樣？然、然後呢？」孩子們的心隨著力波爺爺的故事墜入谷底。他們從未想過，竟有妖怪能夠讓偉大的雲怪獸連兩次陷入困境——喇呼呼實在太可怕了。

「嗚嗚……」小妲瓦又哭了。

「吼，別哭了啦！故事又還沒結束。」卡路又急又惱，好想趕快知道接下來怎麼了。

「幸好，雲怪獸趁著喇呼呼洋洋得意時，以迅雷不及掩耳的

速度奮力衝上前，張口把喇呼呼吞進肚子裡，再度摔落地面。被吞進雲怪獸肚裡的喇呼呼慌了，死命的想撞破雲怪獸的肚子逃出來。雲怪獸雖然身受重傷，幾乎失去力氣，但為了保護彩虹谷的子民，拼了命的忍耐，死命閉緊嘴巴，不給喇呼呼任何機會。雲怪獸痛苦得變成了死灰色，不斷因為體內的喇呼呼衝撞而變形起伏。」

「然、然後呢？」

「經過了整整七天七夜，雲怪獸儘管失去了意識，卻仍舊不鬆口。她肚子裡的動靜，一天比一天更微弱，一天比一天更微弱，最後一動也不動……」

「啊！雲怪獸該不會死掉了吧？」葡吉急著打岔。

「笨蛋，雲怪獸要是死掉，現在怎麼還在啦？」卡路凶葡吉。

「你叫誰笨蛋，死掉可以再復活啊！」葡吉把著急一股腦兒發洩在卡路身上。

「好了，別吵了你們！爺爺在說故事哪！」亞比真有點後悔約了這兩個臭男生。

嗝～～

爺爺突然發出超大的打嗝聲，把孩子們都嚇了一大跳。他們想笑、卻不敢笑，只得硬憋著。只見爺爺面不改色的繼續說下

去——

「雲怪獸醒來之後，嗝出了一個超大、超大、超大、超～～大的彩虹——不過，這個彩虹卻不是平常的彩虹，是一道前所未見的黑、灰色交錯的黑虹。傳說那黑虹，就是雲怪獸從喇呼呼身體裡趕出來的邪惡。黑虹經過了一整年，慢慢變成了七色彩虹，又在天上掛了一整年。看！左邊那是黑虹星座，右邊那是七色彩虹星座。」

「那、那喇呼呼呢？」

「當雲怪獸躺在地上，慢慢恢復時，一隻好小、好小的小黑鳥，從雲怪獸的嘴裡飛了出來。喇呼呼知道自己再也沒有邪惡的

力量危害別人，拍拍翅膀，離開了彩虹谷。你們看！在雲怪獸星座右上方，就是小黑鳥星座。而雲怪獸在巫醫和谷民的照顧下，終於慢慢恢復了健康……」

「好，故事說完了，爺爺先休息一下。」爺爺說。

「為什麼雲怪獸沒有把喇呼呼消滅呢？」小妲瓦問。

「因為雲怪獸已經累壞了！」亞比猜測。

「這邪惡的妖怪這麼殘忍，

應該把牠消滅才對。」卡路忿忿不平。

「至少也應該把牠關起來……」露芽語氣裡透露著擔心。

「對呀！雲怪獸把喇呼呼放走，不怕牠有一天又跑回來嗎？」葡吉不太滿意的嘟起嘴巴。

「喇呼呼身上的邪惡，應該全都被雲怪獸消除了吧？」亞比思考著。「或許牠已經變善良了……」

「我還是覺得應該要把喇呼呼消滅掉，以防萬一。」

孩子們你一言，我一語討論起來，力波爺爺只是面帶微笑，靜靜的聽著。

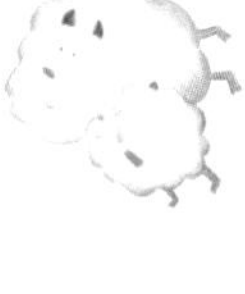

5

奇怪的風

呼～～

就在孩子們熱烈討論的時候，一瞬間，風變強了些。

「咦？風怎麼有點熱熱的？」亞比感覺到異狀。

「有嗎？」葡吉不太確定的看了看大家，小妲瓦、露芽都點點頭。

「有啊，真的熱熱的，是你少根筋，太遲鈍了。」卡路嘲笑葡吉。

「你才少根筋，你才遲鈍！」葡吉不滿意故事的結局，現在更惱火了。

「今天的夜晚，有些安靜呢……」爺爺像是在喃喃自語。

「蟲兒的歌聲，好像一下子少了許多。」

的確，孩子們現在也發現了，往常夜裡總是互相較勁，比誰唱歌唱得最大聲的夏蟲，現下卻靜悄悄的。

風繼續吹著。

四周除了風聲，還有被風擾動的樹葉沙沙聲。

「風真的熱熱的耶。」現在，葡吉也感覺到了。

「啊！對啦！」爺爺似乎想起重要的事似的拍了一下手：

「你們知道嗎？過一陣子，就是彩虹谷一百年一次的流星雨奇景啦！我可期待了一輩子哪！」

爺爺的眼睛，像天上的星星一樣閃閃發光。

「喔！一百年一次！」孩子們也跟著興奮起來。一百年才一次，聽起來好厲害。「流星雨真的很美很美嗎？」

「聽說——很美喔~~」爺爺的眼神聚焦在星空無限遠的深處。「而且啊——」

「而且什麼？」孩子們伸長脖子望著爺爺。

爺爺低下頭，看著幾個孩子。「傳說看到流星雨的人，一輩子都會很幸福喔！」

「哇！」孩子們發出讚歎聲，小腦袋瓜開始無法克制的轉動，想像著流星奇景的壯麗。「我要看！我要看！我要看！」這

一次，他們迫不及待的跟力波爺爺預約。

呼～～　呼～～

風又增強了不少，連小船都被吹得搖晃起來。

「哇，風又變得更熱了耶！」露芽說。

「風怎麼會這麼熱，好奇怪喔，」其他的孩子紛紛表示同意，「都快跟白天一樣熱了啦！」

「嗯，這風的確熱得很不對勁，」力波爺爺開始朝岸邊划去，「而且好像愈颳愈大。你們的爸爸、媽媽會擔心的，我們今天提早結束吧！」

「啊……我們期待很久耶，不是說要說十個故事嗎？」葡吉不想放棄，完全忘記自己早先百般不願來聽故事。「不過就是起風，還有點熱而已啊。」

「我也好想聽故事……」亞比最著迷聽故事了，何況是難得的機會，她也不想放棄。

呼——

一陣強勁的熱風再度襲來，四周的樹葉接連發出啪沙啪沙的聲響。

「哇，眼睛！」孩子們發出哀叫。

「這風裡帶著沙，」力波爺爺使勁的划了起來，「為了安全，明天我們再繼續好嗎？爺爺保證說十個！」

「好吧，我看妲瓦、露芽和亞比好像很害怕，也只好這樣了。」葡吉雖然嘴巴上很不情願，其實心裡也因這陣風開始發毛起來。

「快走吧，爺爺送你們回家。」當他們安全上岸之後，力波爺爺說。

「不用啦！有我在，而且現在還不算晚，我可以保護他們回去。」卡路拍拍胸脯保證。彩虹谷的夏夜一向恬靜安全，孩子們打著燈籠，也能順利回家。

哼，臭卡路，在女孩子面前逞什麼英雄啊！葡吉嗤之以鼻。

「對啊！還有我在，我可以保護其他人，沒問題。」葡吉努力說得比卡路更大聲一點，卡路聽了卻白了他一眼。

「沒關係，風太大了，我送你們吧！」力波爺爺用手勢招呼大家前進。「我順便散散步。」

颼——

由於風勢不小，所有孩子都縮起身子走路。

沙沙沙、啪啪啪……他們聽見遠方的樹林裡傳來奇怪的聲音……

沙沙沙、啪啪啪……

啪沙啪沙啪沙啪沙……

「哇～～」自願走在最後面保護大家的卡路，突然蹲下身大叫。「有一隻黑黑的東西飛過去，好大！

我看到紅色的眼睛，好可怕……」

卡路的舉動，把大家都嚇了一跳。

「我、我好像也有看到……」小妲瓦抓著亞比的裙角，縮在亞比身後。

「別怕，有爺爺在……」力波爺爺立刻出聲安撫大家。

「你確定嗎？妲瓦，別怕！」亞比柔聲的問。妲瓦年紀還小，平常又比較怯懦，常常被男孩子嚇哭。

「好像有，又好像沒有，不確定……」小妲瓦的聲音愈縮愈小。

「哇哈哈，卡路是膽小鬼，跟女生一樣。」葡吉趁機嘲笑卡

路，要把他比下去：「卡路膽小鬼！嘻嘻嘻，妲瓦不要怕，根本就沒有妖怪。」

「你閉嘴啦！我真的有看到，超可怕的！」卡路眼睛好像閃著眼淚，連忙別過頭去。「換你看到，你一定會嚇死！」

「才不會咧～～卡路膽小鬼！」

「吼！葡吉，你真的很沒有同情心耶。」亞比聽不下去，出聲斥責。

「嗚……」沒想到，卡路哭了起來！那個卡路？敢從很高的樹上跳水，敢去逗弄凶惡野狗的卡路，竟然真的在害怕！

葡吉嘴巴雖壞，但心裡也感到奇怪，因為卡路不是輕易會害

怕的人。蔔吉雖然不想承認，但他知道卡路的膽子其實比自己大多了。

「來！我們繼續往前走，只是風很大，樹林裡的野鳥受到驚嚇罷了！」力波爺爺一隻手搭著卡路的肩膀，另一隻手護住其他的孩子。

「那會是喇呼呼嗎？」露芽聲音發抖的問。

大家慌忙的左看右看，可是什麼也沒看見。

「喇呼呼被雲怪獸降伏了呀！」亞比安慰著說。

「可是喇呼呼沒有被消滅啊！只是飛走了，說不定牠又恢復力量，回來報仇，而且世界上說不定還有別的喇呼呼，對不

對？」露芽愈想愈覺得有可能。

從剛剛開始，卡路就一句話也不說，縮著身子，慘白著臉。

「什麼喇呼呼、喇叭叭、喇嘩嘩，我、我都不怕！」葡吉放大嗓門，想趁機表現一下：「我會把牠們全都好好修理一頓，統統趕走。」

「你別亂講話，」亞比和其他孩子都出聲制止葡吉，「很不吉利！」

「才不會！」葡吉說話音量又更大了。

呼！

「哇！」

一陣強勁的熱風突然襲來，各種呼呼、沙沙、啪啪的可怕聲音把孩子們都嚇得瑟瑟發抖，連葡吉也閉上了嘴巴。

「葡吉，你不要亂講話啦！」

「……」這次葡吉不敢回話了。

「沒事、沒事！別怕，葡吉很勇敢喔！」力波爺爺摸摸葡吉的頭。「不過啊，如果妖怪出現，不用葡吉出手，爺爺就會把牠打跑！而且，光看我這張臉，就能把妖怪嚇跑了，是吧？」爺爺一邊說，竟還一邊做了一個超級好笑的鬼臉，孩子們愣了一下後，隨即爆笑出聲。

「哈哈哈哈哈哈！」笑聲驅走了黑暗中的不安。沒想到嚴肅

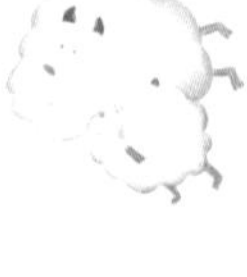

的力波爺爺竟然這麼好笑。沒人注意到，卡路還是沒有出聲，也沒有笑。

他們在半路上，就遇到了各自的爸爸、媽媽，因為擔心風大，正前往湖邊接孩子們回家。

「爺爺一個人沒問題嗎？」爺爺回去前，葡吉有點擔心。

「沒事！彩虹谷很安全，只是起點風而已！」力波爺爺笑咪咪的彎起手臂，露出強壯的二頭肌。「而且爺爺超強壯，什麼都不怕！」

「嗯！爺爺晚安。」

也是呢！爺爺真是強壯的勇士，只要有爺爺在，葡吉什麼都

不用怕。

看著爺爺的身影，葡吉覺得好有安全感。

力波爺爺真是太帥氣了！葡吉決定，明天一早就要再去找力波爺爺，他完全愛上力波爺爺了。

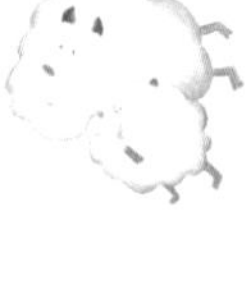

6

夜半訪客

雖然夜已經很深了，但古拉還醒著。

今天晚上，風大得不尋常，而且氣溫熱得讓人難受——彩虹谷的夏夜，不該如此。

照理說，古拉應該是今年夏天最快樂的彩虹谷谷民。水源、作物、谷民、雲怪獸母子……彩虹谷的一切都按照夏季奔放的節拍，熱鬧流暢的演奏著。

更讓人開心的是，努莎肚子裡有了一個小寶寶！這個在夏天一開始得到的意外驚喜，讓他們一家三口和整個彩虹谷，都瀰漫著幸福的期待。

「努莎，恭喜！」

「古拉，恭喜！」

「亞比，要當姊姊啦！好棒！」

無論走到哪裡，古拉一家總會聽到谷民的祝賀，大夥兒像是說不膩似的，賀了又賀，這讓古拉的心情就像踩在雲朵上，輕飄飄的。

他覺得自己和家人，得到了雲怪獸最多的祝福。可是這份幸福，卻因夜裡突如其來的熱風變得脆弱不安。以一個巫醫的直覺，古拉隱隱覺得有什麼令人擔憂的狀況將要發生。

正當他想起身倒杯水喝時，門外突然傳來了叫喚聲和急促的敲門聲。

「古拉！古拉！」

碰！碰！碰！碰！

這兩種急切又慌亂的聲音，疊加成恐怖，驚得古拉連鞋子都忘了穿就衝去開門；才拉開門栓，一股熱風蠻橫的把門推開，搶先而入。門外，卡路的爸爸背著卡路，卡路的媽媽跟在一旁，兩人紅著眼眶，滿臉不知是汗水還是淚水，溼漉漉一片。

「卡路……請您看看卡路，他很不對勁！」

「請趕快進來！」努莎不知何時已經來到一旁，幫忙招呼客人進門，並引導他們到客廳去。古拉連忙使盡力氣關上門，跟了進去。

「半夜來打擾，真的很抱歉！但是我們卡路他……」卡路的爸爸話不成聲。

「沒事、沒事，別擔心，我來看看。」古拉謹慎的安排卡路躺下，也讓卡路爸爸歇一歇。

「卡路晚上從湖邊回來之後，就整個人都不對了，一直說看見紅眼睛的妖怪，身體抖個不停。」卡路的媽媽眼淚滑落的速度比說的話更快。「好不容易睡著了，卻一直作惡夢、說夢話，接著開始發燒，不斷冒冷汗，彷彿也聽不見我們叫他。真不該讓他出門的，嗚～～」

努莎扶著卡路媽媽，讓她坐下休息，古拉趕緊進一步確認卡

路的狀況。

卡路看起來的確很不對勁。除了冒冷汗、發高燒，他的身上有小米粒般的紅色疹子，似乎是從胸前開始蔓延，慢慢爬上脖子和四肢——古拉從沒見過這樣的疹子。

「卡路是不是被妖怪詛咒了？」卡路爸爸聲音顫抖。

「我們需要魯歐。」古拉反覆確認卡路的症狀，眼前的病症和以往的經驗告訴他，卡路應該是生病了，需要吃藥。

古拉的弟弟——魯歐，平時最主要的工作是培育藥草。古拉找回來的各種藥草，他都能成功的栽種繁殖，並且依照每一種植物的特性做進一步的處理與保存，確保彩虹谷的谷民需要用藥

時，不虞匱乏。

「我去吧！」努莎披上披肩，就要出門去。

「不好，不好，你肚子有寶寶，而且外面不知道有什麼，我去！」卡路的爸爸說著，轉身衝進了熱呼呼的黑夜裡。

「亞比，你先別過來，回房間繼續睡覺喔！」亞比也被房間外的動靜吵醒，出來關心。努莎擔心亞比看了會受到驚嚇，暗示亞比趕緊回房。

「媽媽，沒事，我不怕。我

也要幫忙，我去煮茶。」不等媽媽回應，亞比咚咚咚的跑進廚房，是她邀大家去聽故事的，她有責任要幫忙。

亞比的茶壺都還沒注滿——卡路的爸爸竟已帶著魯歐一起回來了！屋裡的人（除了昏睡的卡路）都被嚇了一跳。

「鐵米半夜突然闖進我家，又吠又跳的，我猜一定有狀況，馬上就過來啦。」不等古拉開口問，魯歐就先解釋了。

原來，當卡路一家過來時，鐵米直覺需要魯歐，就立刻衝出門去了。

古拉用讚許的眼神看著鐵米，讓鐵米得意得狂搖尾巴。

汪！黑夜和大風，都無法阻擋鐵米！

卡路的模樣像是集合了各種感冒症狀：全身冒冷汗、發抖、高燒，冒出了可怕的紅色小疹子，並一直說夢話和扭動。

魯歐第一時間也覺得卡路是生病了，但令古拉和魯歐困擾的是，為何這些症狀來得這麼突然，完全沒有前兆，而且猛烈的一起迸發？這真是前所未見。

他們決定先採取古拉的意見，調配退燒藥給卡路服用；待退燒後，再針對一個個症狀給藥，以免卡路的身體受不了。

這一夜，對許多彩虹谷民而言，是無眠之夜。

7

下一個病人

一大清早，感覺風一變小，葡吉就想趁著爸爸、媽媽還沒起床，趕緊出門。他要自己去找力波爺爺，想要爺爺先跟他說精采的故事，還想要爺爺帶他划船。他一直很想要嘗試在湖裡划船，而且早一步學會划船，就不會讓卡路看扁了！

但是站在門口，他又猶豫起來。昨晚的怪風和卡路的異狀，讓他在門口徘徊不定。就在他準備開門時，雲怪獸寶寶卻從門縫飛了進來。

「哇！你來得正好！」葡吉喜出望外。

「普——計！」

「陪我去找力波爺爺！」

「普——計！」

「耶！」

雲怪獸寶寶一來，葡吉感覺有了靠山，膽子一下子又大了起來，立刻帶著雲怪獸寶寶出門。

風雖然變小了，卻還是熱呼呼的。

在前往力波爺爺家的路上，葡吉看見有不少谷民早已在田裡忙碌了。

在谷民的記憶中，彩虹谷從未有夏季熱風侵襲的紀錄；這熱風，讓遵循四季規律生活的彩虹谷谷民慌了手腳。

田裡的稻作，不少因熱風吹襲而倒伏枯黃，美味的瓜果也在

高溫的影響下，一下子就過熟發爛。今年的秋收，恐怕不樂觀。農人臉上都掛著平時難得看到的愁眉苦臉。

葡吉吞了吞口水，情況好像很不妙。怎麼會颳起這麼強又熱的風呢？天氣本來就夠熱了，現在更活像是在大太陽下用烤爐取暖似的，讓人難受。

然而，葡吉沒有忘記自己出門的最主要目的。他仍舊帶著雲怪獸寶寶，飛快奔向力波爺爺的家。

「爺爺！爺爺！我來啦！我很早吧？嘿嘿嘿！我要聽故事聽故事聽故事！」葡吉興奮的大喊。

門打開著的。屋裡卻靜悄悄的，沒有任何回應。

「爺爺……？」葡吉不自覺放低了聲音，小心翼翼的踩進門，左右探看，卻沒看見爺爺的身影，難不成爺爺出門砍柴了？

「力波爺爺？」

葡吉害怕起來，他隱隱覺得有什麼可怕的狀況等在前面。平時葡吉老自命為全宇宙最勇敢的勇士，現在卻感覺自己心臟的位置，只剩一團撲通撲通狂烈跳動的恐懼。

「普——計！普——計！」

屋內的房間裡突然傳來雲怪獸寶寶的叫喚，葡吉連忙循聲跑了過去，一雙橫在地上的腳映入眼簾。

「爺爺！爺爺！」無論葡吉怎麼呼喚，爺爺都沒有回應。

「哇！怎麼辦？」

力波爺爺的眉頭皺得緊緊的，身上長滿了密密麻麻、深紅色的粒狀疹子——看起來好可怕、好可怕喔！葡吉想更靠近一點查看爺爺的狀況，才發現自己的身體抖得跟生病的力波爺爺一樣厲害。

這是昨晚才和自己相處、原本很健康的力波爺爺嗎？葡吉無法置信。

「嗚嗚……啊……」力波爺爺從喉嚨好深好深的地方，不斷發出駭人的呻吟，像在作可怕的惡夢，五官因痛苦而糾結成一團，讓葡吉看了又害怕，又心疼。

「爺爺、爺爺！」可無論葡吉怎麼叫喚，力波爺爺仍舊只是痛苦的呻吟著。他好不容易鼓起勇氣，用手一摸——哇！爺爺的額頭好燙。

「雲怪獸寶寶，快去叫古拉叔叔來！」

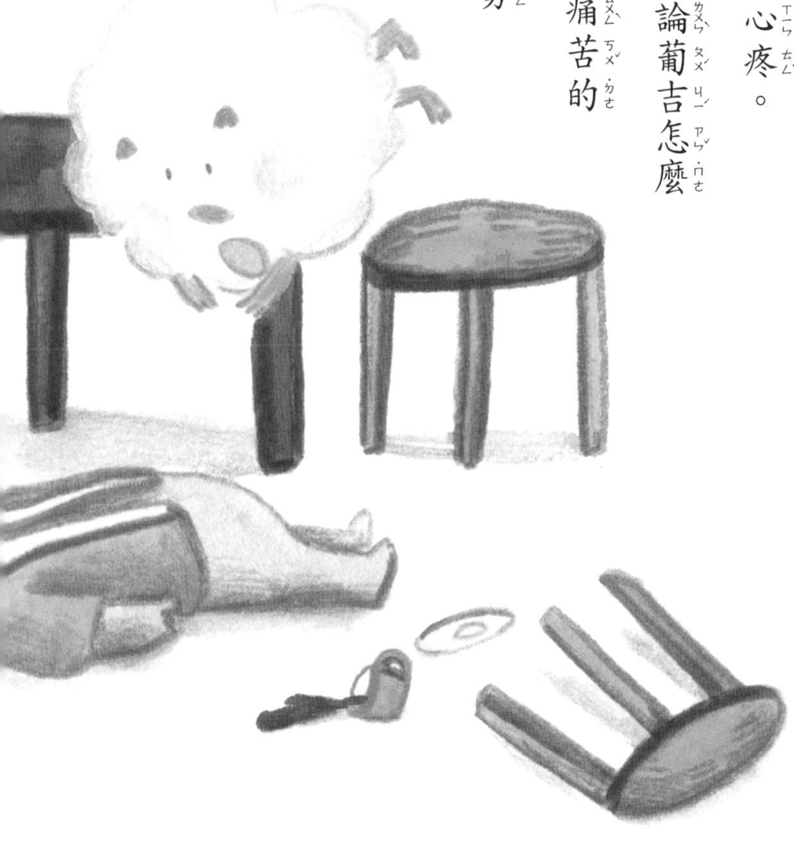

情急之下，葡吉也顧不得亞比的警告了。

雲怪獸寶寶似懂非懂，喊著「咕——喇，普——計！」迅速飛了出去。

好像等了一萬年那麼久，古拉、吉本、亞比和幾位谷民滿頭大汗、匆匆忙忙的跑過來。葡吉這才鬆了一口氣，眼淚立刻滾落下來。

「我們趕緊把爺爺送到我家去。他看起來像是和卡路一樣的症狀。」古拉迅速做出判斷，於是大家手忙腳亂的抬著爺爺到古拉家去。

「卡路？卡路怎麼了！」聽到古拉突然提到卡路，葡吉驚訝的問。

「卡路昨晚也生病了，被他爸爸、媽媽送到我家來……」亞比說著說著，臉色暗了下來，「他看起來病得很嚴重。」

「哇……」葡吉想起昨晚的事情，覺得自己對卡路好像太過分了。

前往亞比家的路上，兩個孩子難得沉默不語。

不安的情緒在風的熱度中迅速發酵，並且在彩虹谷裡蔓延開來。

「聽說昨天卡路跟大夥兒找力波爺爺聽故事，回家路上看見了紅眼睛的妖怪，然後他跟力波爺爺都生病了……」

「而且是沒見過的怪病……很嚴重哪！」

「昨天夜裡開始颳熱風，不尋常呀！」

「確定是生病嗎？該不會是……」

不斷有谷民在古拉家探頭探腦，交頭接耳。

「古拉，請問這到底是什麼病？那熱風是怎麼回事？聽說有紅眼睛的妖怪？」

「這兩天發生的事情和傳說中喇呼呼襲擊彩虹谷的時候，很像啊！」

古拉很希望自己能夠給出令大家滿意的答案，但是在一切事情還沒有釐清之前，他必須更謹慎。

許多思緒在古拉腦中盤旋：喇呼呼的傳說，是每個彩虹谷谷民小時候一定聽過的故事，並且深信不疑。可是，自己當了巫醫之後，古拉開始不確定，這個傳說到底是真的，還是遠古的說書人，為了增添夏夜的樂趣而編出來的。

巫醫古魯塔記錄的歷史中，並沒有提到這件事。莫非，他得親自向雲怪獸本尊求證？太荒唐了！古拉搖搖頭，甩開這個可笑的念頭。

只是，一旦相信是妖怪帶來災害，妖怪就會在大家的心中扎

根，難以消滅了……除非找出妖怪並消滅牠。

可是，萬一永遠找不到呢？

最重要的一點是，比起懷疑是妖怪帶來災害，古拉更相信雲怪獸的庇護。

思及至此，他告訴大家：「我們有神聖的雲怪獸，請不用擔心。如果真有什麼邪惡的東西危害彩虹谷，雲怪獸一定會保護我們的。」

深受谷民敬仰的巫醫這麼說，谷民們懸著的心，稍稍平穩了下來。

但就在力波爺爺和卡路生病的隔日，小妲瓦跟拉那奶奶也接

連生病了。古拉家旁邊搭的診療帳篷裡，病人愈來愈多。每個谷民都擔心著，自己會不會是下一個生病的人？

「昨天夜裡我睡不著，好像聽到奇怪的聲音……」

「我夜裡好像看見紅色的眼睛，好可怕！」

「我覺得身體好像不太對勁……」

「請雲怪獸保佑啊！」

古拉時時刻刻都能清楚的感受到，那份無形的恐懼，並在他心中形成了一股巨大的歉疚感。

現在，孩子們不僅晚上被禁止出門，就連白天也不能離開大人的視線。

夜晚，大家緊閉門窗，早早上床，卻也睡不著。

天空依然滿是星斗，彩虹谷的夏夜卻在熱風的吹拂中，變得死寂又漫長。

8

謎樣的綠藻

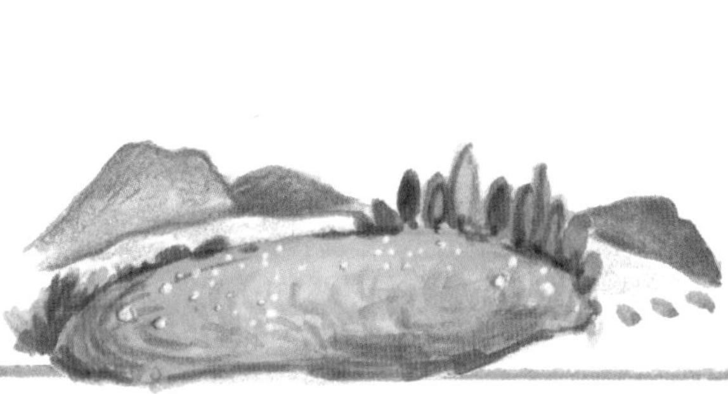

這幾天，診療帳篷又新增加了幾個病人。他們的狀況時好時壞，雖然高燒在白天會稍微退下，但意識卻像陷在迷宮裡，聽不見身旁的呼喚。

病人身上的疹子最令古拉頭疼。除了湯藥，古拉還嘗試外敷藥膏，卻一點消退的跡象也沒有。

不斷增加的病人，谷民對家人痊癒的期待，讓古拉和魯歐兩兄弟肩頭上的責任愈來愈重。

古拉覺得大家的病症很接近感冒，但感冒不太會讓人作惡夢，神智不清的說夢話。他們身上的疹子更是奇怪，在醫書上完全查不到。

先不管是不是妖怪帶來的災害，古拉認為，一種前所未見的病症已入侵彩虹谷。

「古拉，你看看這是什麼？」這天，正當古拉和魯歐還在討論如何治療病人時，吉本拿了一盆綠油油的東西進到帳蓬裡來。

「這是……水草嗎？」古拉不太明白。

「今天一早，大家發現彩虹谷的池塘、湖泊裡出現了這些東西。」吉本憂心忡忡。「不知道什麼時候、又是從哪裡冒出來的，昨天還沒注意到啊！奇怪！」

這情況不太尋常，古拉連忙出門查看。

真是屋漏偏逢連夜雨！勘察完最後一處池塘，古拉臉色大變。除了流動的溪水、河水之外，大小的湖泊、池塘裡都有這些綠色藻類現蹤。真不妙！

彩虹谷有不少熟悉各種植物的居民，卻沒有任何一位能夠辨別眼前的藻類到底是哪一種。換句話說，這很有可能不是彩虹谷原來有的藻類。

吉本帶著幾位谷民下水清除，卻發現這種水藻又細、又長、又多，從水面上到湖底，綿綿密密的糾結在一起，差點兒連他們都被纏住了。

而且，這種藻類繁殖的速度非常驚人，上午才清理過的區

域，下午又恢復原狀，清除的速度完全跟不上生長的速度。

熱風侵襲、稻米受損、妖怪出沒、家人生病……接連發生的事件已經把谷民折磨得心神不寧，現下又無端冒出這些綠藻。一想起大家，尤其是孩子們，無法享受美好的夏日夜晚，現在連白天戲水休息的地方都沒了，古拉就覺得捨不得。

古拉採集了一些水藻回去研究，想試著找出能夠清除這些不速之客的方法，他告訴自己不可以放棄希望。

偉大的雲怪獸，請保佑我們度過這次的難關吧！古拉不斷在心裡祈禱著。

「爸爸！」

「嗯～～」古拉好像在睡夢中聽見亞比的叫喚，但他卻起不了身。

「汪！」

「嗯——」睡夢中，古拉聽見鐵米的吠叫，覺得好吵啊。他想叫鐵米安靜，卻又沉沉睡去。

「爸爸，快起床，要錯過雲怪獸的早餐啦！」

「汪汪汪！」

「哇，我睡過頭了！」亞比和鐵米一連叫了好幾聲，古拉才終於反應過來，嚇得立刻從椅子上彈了起來。「糟糕，晚了

晚了……」

日夜忙碌的古拉，沒有一天忘記照顧雲怪獸的工作。然而一連好幾天幾乎都沒有睡覺，昨天一整夜還在研究清除藻類的方法，熬到快天亮時才累得趴在桌上睡著了。要不是亞比和鐵米提醒，恐怕要錯過雲怪獸早餐的準備工作。

古拉慌亂的準備出門，亞比和鐵米也跟著去幫忙。

幸好有努莎、魯歐和其他谷民的協助，自己還有餘力可以為雲怪獸製作雲朵大餐。而亞比和鐵米的陪伴，也是讓他能夠在一連串的麻煩狀況下，心情不至於低落的祕密法寶。亞比真是個好孩子，即使要早起，也沒有任何怨言。

太陽本就毒辣，還要承受這些呼呼吹的熱風，但農人們仍舊為了田裡受損的稻作而奮戰著。

路過各個水域時，水的表面已經像是覆蓋了一坨一坨糾結著的綠色頭髮，別說發不出光澤，簡直成了大沼澤。仔細觀察的話，會發現表面不斷冒著小泡泡，隱隱還能聞到奇怪的腥味，活像是五百隻蛤蟆一起喝醉酒打嗝的味道。

只要經過短短的一個晚上，藻類的擴散就變得更嚴重。

古拉明明花了很多時間，從古老的醫書裡找到了除水藻的傳統配方，製作出除藻藥，請吉本幫忙四處投放。可是，水藻不僅沒有消失，卻像是嘲笑古拉似的，增加得更快。現在，古拉心裡好像也有個聲音，說這一切都是妖怪帶來的災害。

「亞比，等等我！」原本在田裡幫忙的葡吉，一看到古拉和亞比經過，立刻衝了過來。「你們要去幫雲怪獸和雲怪獸寶寶準備食物吧？我也去。」

「不用不用，你爸爸、媽媽才需要你幫忙吧！」

「唉喲，照顧雲怪獸寶寶我有責任耶，我也要去，」葡吉還

是自顧自的跟了上來，「而且我爸爸、媽媽已經同意了。他們聽到我想來幫忙古拉叔叔，高興得要我趕快來呢！他們一定是覺得我是超級小幫手。」

其實，比起葡吉心不甘情不願的幫忙，滿嘴抱怨，又不放心他一個人玩，葡吉的爸爸、媽媽還寧可他去幫忙古拉，至少耳根子清淨些。不能隨意出門找同伴玩耍的葡吉，發起牢騷來可不是普通煩人。

「唉，天氣這麼熱，要是能和大家一起到湖裡玩水就好了。」葡吉走在亞比身旁，一邊嘮叨著。

「你果然只是想偷懶。」

「才沒有。」

「大家都在擔心，就只有你還在想著玩。」

「我只是想泡泡水嘛！」葡吉說。「你看，雲怪獸最好了，整天泡在銀耳湖裡，而且我明明就一直在幫忙啊……」

他們來到銀耳湖，果真看見雲怪獸正舒舒服服的泡在水裡。

「整個彩虹谷就屬雲怪獸最悠哉，當雲怪獸真好呢。」葡吉滿滿的羨慕從他的語氣裡，毫不遮掩的淌了出來，讓亞比聽了更加火大。

「你別再說了啦！」亞比怒瞪，她好怕爸爸聽見葡吉的話，壓力就更大了。

「喔……」

整個彩虹谷都陷入慌亂，雲怪獸卻完全無視大家的恐懼，好像什麼事情都不知道，仍舊懶洋洋又慢悠悠的泡澡、等開飯、睡覺……葡吉心裡實在很悶。

「整個彩虹谷就只剩下銀耳湖沒有被討厭的藻類入侵，偏偏大家又不能來這裡泡水、

玩水，真是太不公平了。」

鐵米一路上雖然沒有表示意見，但他同意葡吉的說法。雲怪獸實在是太對不起谷民的信任了吧！

可是鐵米自己也理虧，春天的時候，才靠著雲怪獸和雲怪獸寶寶救了自己呢！自己要是有雲怪獸的神力，早就把這件事情給解決了。

匆匆忙忙的古拉，總算來到銀耳湖畔，施展法術，用心製作最清涼爽口的雲朵條，讓雲怪獸能夠吃得開心，也期盼她能在天上停留久一些，多幫谷民遮些太陽。而且更重要的是，只要抬頭看見雲怪獸在天上，還有看見彩虹，谷民的心中就會多一分安穩。至少，白天不會害怕，大家可以抓緊時間，專注在眼前的工作。

「古拉叔叔，雲怪獸以前那麼厲害，怎麼不去把那妖怪找出來，一口氣吃下去就好呢？」回程的時候，葡吉還是忍不住抱怨

起來。

「葡吉又在亂講話了！」因為爸爸在場，亞比不敢太凶。

「葡吉覺得是這樣嗎？哈哈！」古拉笑了出來。

「爸爸你還笑……」亞比氣嘟嘟的瞪著古拉。

一連串的問題都還沒解決，的確不是說笑的時候。但葡吉孩子氣的抱怨，卻讓古拉連日來緊繃的心情，莫名輕鬆不少。

「好好，亞比別生氣！我們換個角度想喔……」古拉溫柔的說。「既然雲怪獸沒有去對付那個大家說的『妖怪』，是不是很有可能……邪惡的妖怪，根本不存在呢？」

「啊，叔叔這樣說好像也不太對，」葡吉猛力搖頭，「雲怪

獸就是應該做一點什麼，讓大家趕快放心，她很多時候的確什麼事情也不管啊！」

「哈哈哈！」古拉又笑了。

「葡吉！爸爸！」

彩虹谷的谷民從來只會透過祈禱，不會直接請求雲怪獸幫忙。他們認為，雲怪獸一定會用最好的方式，盡力守護他們。

葡吉仍舊不太能接受這一點。他認為——雲怪獸應該要再努力一些！

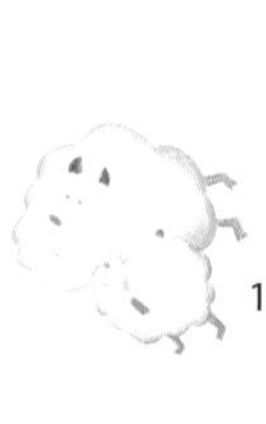

9

深夜靈感

這是第幾個清醒的夜晚？一方面要研究如何醫治棘手的病症，一方面又要對付惱人的綠藻，埋首古籍和醫書中的古拉，把睡覺這件事完全拋在腦後。

突然，一個身影進了帳篷，手上還提著一鍋熱湯。

「你怎麼還不休息？」古拉連忙起身。

「還說我呢，你啊，可別把自己累壞了。」努莎擔心的看著古拉。「至少先喝點熱湯，多吃點營養的東西，身體才會有抵抗力，不然別人的病還沒醫好，結果換你病倒可就糟了。我也幫魯歐準備了，等一下我送去給他。」

妻子的這段話，在古拉苦悶的心中，亮成一道彩虹。

「對！我怎麼沒想到！」古拉輕輕擁抱了妻子，在她臉上輕輕一吻。「謝謝你！我娶了世界上最棒的老婆！」

「哎喲，你幹麼呢～」努莎捧住羞紅的臉。

「我帶湯過去跟魯歐一起喝！」古拉又親了努莎另一邊臉頰，提著那鍋熱湯，急急忙忙跑走了。

「嘿，別把湯灑啦！」努莎又好氣又好笑，她知道古拉因為想到方法很開心，心裡也跟著鬆了一口氣。

「魯歐，我帶宵夜來啦！」古拉和他的聲音一起進了醫療帳篷，把魯歐嚇了一跳。

「雖然病症目前還沒有找到解方，但至少可以試著讓大家的抵抗力更好一些。我打算幫所有谷民準備增加免疫力的藥草茶。不管什麼樣的疾病，都必須有強健的身體，才能預防，才能好得快。」古拉一口氣把剛剛想到的辦法說了出來。

呼，他這才大口大口的喘氣。

「說得對，我們只執著治病，卻忘了還有別的事情可以做！」魯歐感到有些哭笑不得。「我立刻準備！」

「先把湯喝完，快喝吧！」

「好！」

兩兄弟開開心心的喝著灑得剩下一半的熱湯，好久沒有這麼

振奮了。

魯歐家後院的田地裡，栽種了各種常用的、珍貴的食材和藥草；魯歐經常和古拉一起到深山裡，搜集各種珍貴的藥材。屋內的櫥櫃上擺滿了各種儲存藥材的瓶瓶罐罐，都是歷代巫醫和藥草師經年累月累積下來的成果；他的小屋裡，也因此總瀰漫著奇妙的、濃郁的氣味。

「這個加這個……應該可以吧？」

「不行、不行！這藥性對老人家來說太燥熱了，得把這個換成這個……」

「不不不！這樣對孩子來說藥性太強了！」

深夜裡，古拉和魯歐在藥櫃前，聚精會神組合各式各樣的藥材，好不容易配出一帖老少咸宜的藥方，天也亮了。

「魯歐，接下來就交給你了。」古拉打了一個好大的哈欠，他得回去準備雲怪獸母子的早餐了。

「包在我身上！」

煎藥的陶鍋裡噗嚕噗嚕的不斷冒出聲音，噴出濃郁的煙氣，魯歐蹲守在爐火前，用心的控制火候。他暗中祈禱藥草茶能夠守護彩虹谷的家人朋友們。

經過幾個小時的熬煮，魯歐終於能夠從熬煮藥草的鍋爐前站

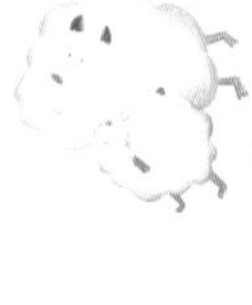

起身，抹去滿頭、滿臉的汗水。

「希望有效呀。」昨晚兄弟倆調配藥物時自信滿滿，實際上要分送給大家的時候，魯歐的自信心卻像風裡的蠟燭一樣搖曳不定。畢竟，要面對的是前所未見的怪病啊！

魯歐深深吸了一口氣，為自己打氣。

「好，出發！」魯歐拉起

他載滿藥草茶罐的小拉車，出發了。

當谷民收到魯歐挨家挨戶分送的藥草茶時，都感動得紅了眼眶，大人們連忙趁熱把藥草茶喝下肚，巴不得還能多要一些。藥草茶一喝，感覺體內充滿了彩虹般的元氣，得到雲怪獸的保佑，心裡踏實了許多。

不過，孩子們可就不領情了。

「好乖，趕快喝下去，就不怕生病喔！」

「哇，我不要！一定很苦，而且味道好奇怪！我不要，好噁心！」

「不會，這次的藥草茶真的一點都不苦喔……」

「不行，一定要喝下去！喝下去，就會得到雲怪獸的保護喔！」

「嗚哇！好苦！騙人！」

「加油，快喝完了！」

「一鼓作氣！」

「喝下去給你糖吃！」

「嗚嗚嗚……咕嚕咕嚕……」

「給我喝下去！」

「嗚嗚嗚……」

一時之間，孩子們的哀號聲、哭泣聲，大人的哄騙聲、發怒聲，在彩虹谷此起彼落。

最後，總算靠著捏鼻子、吃糖果、含蜂蜜，以及一點點大人的臭臉，所有的孩子都喝下了藥草茶。

10

鐵來的偵查

就在聽完葡吉一番抱怨的當天，鐵米暗中展開調查。

也許雲怪獸有她的打算，但鐵米不打算等下去了。

打從熱風入侵彩虹谷那天夜晚，他便注意到一股奇異的氣味，是他在彩虹谷從來沒有聞過的味道……但他說不上來；那是一種古老而陌生的味道，帶有一種遠道而來的疲憊。可是這討厭的、吹個沒完的熱風，夾帶了許多奇奇怪怪的灰塵、雜味，混雜了太多訊息，嚴重干擾了他引以為傲的鼻子，讓他很不舒服。

他在夜裡保持警戒，四處巡邏，最好讓自己和紅眼妖怪不期而遇，那麼，他就會讓紅眼妖怪知道彩虹谷第一名犬的厲害。

鐵米好不容易等到亞比睡著，悄悄的溜出門，特意避開古拉

亮著的帳篷，前往幾個谷民說過看到紅眼妖怪的地方。

鐵米在濃厚的夜色和灼人的熱風中潛行，警覺的張望四周；雖然只有一瞬間，他看見有個巨大黑影以驚人的速度，朝著山區飛去。

總算被他逮到了！可惜，鐵米的眼力在夜裡不算太好，加上那黑影速度太快，距離太遠，鐵米也沒把握有沒有看錯。

朝著黑影消失的方向追趕了一段距離後，鐵米突然煞住腳步。雖然擔心失去線索，但晚上的山林太可怕，鐵米學聰明了，他必須做好準備，絕對不能逞強，他決定先回家，白天再行動。

鐵米好不容易熬到天亮，胡亂吃過努莎為他準備的早餐之後，趁著大家不注意，悄悄出了門，再度回到昨晚發現黑影的地方。

古拉為了專心而盤腿靜坐的模樣，鐵米從小看到大，熟悉的很。每次古拉靜坐，總會得到更多靈感，或者想出解決事情的好方法。嗯，鐵米決定也來試試！

對一隻小狗來說，靜坐是不容易的。鐵米當然沒辦法盤腿，但是他是認真的，他一屁股穩穩的坐在地上，身體立得比彩虹山脈的每一座山都還要挺，閉上了眼睛。

「想像世界只剩下自己的呼吸。」記得古拉曾如此教導亞比。

吸——吐、吸——吐——

一開始，鐵米的確像個剛開始學打坐的新手一樣，腦筋裡面亂哄哄，接著打起瞌睡。

果然不簡單，畢竟連亞比那樣聰明又專心的好學生，都被靜坐打敗，叫苦連天。

「不行！這樣太遜了！」驚醒的鐵米甩頭甩得像個波浪鼓。**我一定要做到，我要找出妖怪，拯救大家！**鐵米為自己打氣。**不對，我應該要忘記一切，才能專心！呼吸！呼吸！**

漸漸的，他忘記了自己是誰，忘記了想成為第一名犬的渴望，甚至忘記了想要找妖怪的事情。整個世界，只剩下他的呼吸。

呼——吸、呼——吸——

咦？空氣裡面，那奇特的、古老的、陌生的、腐朽的味道變得清晰起來——

刷！

鐵米突然睜開眼睛，他能「看見」那氣味在空氣中踩踏留下的足跡；鐵米沉穩邁開腳步，朝著綠茶山前進。

加油，鐵米！加油，鐵米！你是彩虹谷第一名犬……加油！鐵米、加油！鐵米！

可是，愈是靠近，鐵米卻發現自己原本堅定的腳步卻變得愈來愈小，愈來愈慢——他在害怕！他的狗狗本能告訴他：不要去！

不行不行！我要加油！如果苗頭不對，我就趕快往回跑，找別人來幫忙！

就這樣，靠著一股勇氣，鐵米振作精神，努力前進，直到鐵米發現了「牠」！

可可可……可惡，果、果然被我找到了……別、別想躲！

「牠」就棲息在綠茶山一處陰暗的凹洞裡，這裡灌木、雜草叢生，不是谷民平時會到訪的地方。如今，妖怪就在眼前，可鐵米卻再也無法向前一步。

那妖怪的身體幾乎和雲怪獸一樣巨大，甚至更大！只見牠閉

著眼睛，把頭埋在同樣大得不尋常的翅膀裡，一動也不動，像一大片投射在山坳的黑暗陰影。牠身上的黑色被消去了光澤，和所有的光亮絕緣，若是在夜裡飛行，肯定很難被察覺。

最可怕的是，鐵米從對方身上感覺到一股……腐朽的氣息，讓他不寒而慄。縱然對方什麼也沒做，就讓鐵米四條小狗腿加上一條小狗尾巴抖個沒完。

鐵米不知道該不該衝上去把對方趕走，可他知道自己在發抖，而且想叫也叫不出聲。他心裡的小鐵米不斷發出警告：危險、危險！快逃、快逃！

他決定趕緊回去找幫手。

「喂！雲怪獸，你去收拾那傢伙吧！我可幫了你個大忙，替你找到牠啦！牠就躲在綠茶山西側峭壁下面的凹洞裡。」鐵米毫不遲疑的就先找雲怪獸。

他心急火燎的跑到銀耳湖，衝著正閉著眼睛泡澡的雲怪獸大吼。可是雲怪獸就像是沒聽見一樣，呼嚕呼嚕的繼續睡大覺。天氣熱，加上熱呼呼的熱風，雲怪獸就像一坨泡了太久的牛奶而軟爛的蛋糕似的。

真把鐵米給氣死了。

「大家都亂成什麼樣子了，你都不管啊！」

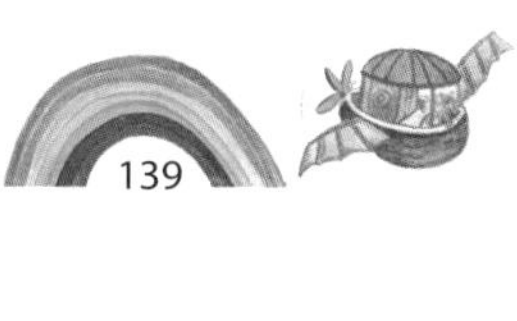

「呼嚕……」偏偏雲怪獸好像沒聽到一樣。

「你看看你媽媽吼！」鐵米對雲怪獸寶寶發脾氣。

雲怪獸寶寶臉紅紅的，似乎很不好意思，然後鼓起勇氣發出「怒比！」的聲音，衝了出去。難道，雲怪獸寶寶是要找那妖怪決鬥嗎？

「喂！小雲仔，別衝動啊！」雲怪獸寶寶畢竟還小，要是出事就慘啦！鐵米又連忙跟了上去。

但鐵米還沒到，雲怪獸寶寶已經逃回來了。

「怕怕……怕怕……」

「哎喲，好啦，我知道你很努力了，雲仔。」鐵米自己也不

敢去對決妖怪，連忙安慰雲怪獸寶寶。「我們去找別人幫忙！」

「貼——密！」

「好孩子！」聽到雲怪獸寶寶也會叫自己的名字，鐵米感覺好窩心。

他們一前一後衝向彩虹谷，要告訴谷民妖怪的行蹤。

「哎喲！鐵米，你發現什麼啦？」鐵米第一個找的就是努瑪爺爺。努瑪爺爺憑著獵人的直覺，知道鐵米拼命想傳達不尋常的訊息。

在鐵米的引導下，努瑪爺爺帶領著其他有打獵經驗的谷民來

到綠茶山的凹洞前，老獵人示意大家安靜的躲藏在樹叢後面。

即使是看過各種不同山林野獸的努瑪爺爺，乍見那怪鳥也同樣驚恐——像鳥，卻出乎意料的龐大；稀稀落落、黏糊糊、溼答答的黑色羽毛好像被甩在凹壁上的烏黑爛泥，從牠的皮膚上滑落，東禿一塊、西缺一片，露出的皮膚也滿布黑色的疙瘩。

「嗚，好噁心的怪物！」有個谷民忍不住作嘔。

除此之外，怪鳥的腳爪也是驚人的巨大尖銳，若被牠攫住，後果不堪設想。

牠會是傳說中的黑鳥妖怪喇呼呼嗎？不管是不是，大多數在場的勇士們，都覺得這隻怪鳥看起來不祥又危險……他們渾身緊繃，身上涔涔冒出冷汗。

這時，那隻怪鳥無預警的將埋在翅膀下的頭抬了起來，看向大家躲藏的方向，那原本覆蓋著眼球的漆黑眼瞼迅速開闔了一次，雖然只有一瞬間，他們全都看見了那對血紅色的大眼。每個勇士腦海中不約而同閃過——那是傳說中黑鳥妖怪喇呼呼的眼睛！

不知道過了多久，努瑪爺爺才回過神來，壯起膽子，要大家趕緊撤退。

11

緊急會議

聽完努瑪爺爺的探查報告後，古拉召開緊急會議，焦躁不安的谷民立刻擠滿了會議帳篷。

原本只存在於神話、想像、惡夢和耳語之間的可怕妖怪，現在卻真真實實的出現在眼前，把許多谷民嚇得手足無措。

「古、古拉，我們該怎麼辦！傳說中的黑鳥妖怪喇呼呼重回到彩虹谷啦！」

古拉聽著谷民的推斷，視線停駐在帳篷的某一端，思緒陷入膠著。

古怪的熱風、可怕的病症以及這前所未見的巨鳥，三者之間究竟存在什麼關係？

「我們還不確定那是不是喇呼呼……另外，我們也還不能證明是那隻……鳥帶來了災害。」良久之後，古拉終於開口。

「那絕對不是動物！是妖怪！那一定是傳說中的黑鳥妖怪喇呼呼！」

「努瑪爺爺，請問您怎麼看？」古拉把目光投向努瑪爺爺。

「說實話，我不知道那是不是喇呼呼，但……那絕對不是彩虹谷的動物，一定是從別的地方來的。」努瑪爺爺說。「那隻怪鳥看起來年紀似乎已經很大、很大了，但的確給我非常不祥的感覺，絕不能掉以輕心。」

「就算牠不是喇呼呼，肯定也是像喇呼呼那樣，帶來災禍的

不祥妖怪！」

憂心忡忡的谷民都期盼，彩虹谷能夠盡快恢復往昔夏日的歡樂平靜。從前曾趕走喇呼呼的雲怪獸，到現在仍然不為所動，大家嘴巴不說，但心裡都既困惑又無助。

「妖怪已經造成了大家的恐懼，不管如何，就是先把牠趕走吧！」

「沒有把牠趕走或消滅，可怕的事情一定還會接連發生！」

儘管沒有怪鳥直接襲擊谷民的事件，但是大家似乎已經認定，那隻怪鳥就是造成今年夏天所有災難的元凶。

努瑪爺爺再度開口：「彩虹谷的獵人，只獵捕危害谷民和農作物的動物。」

「我們的稻子因為熱風受到嚴重損害！」

「孩子們因為牠，都作惡夢、生病啦！」

「拉那奶奶和力波爺爺也都病倒了！」

「這樣還不嚴重嗎？就算不消滅牠，至少要趕走牠吧？」

整場會議已不像在討論解決的方法，更像是在發洩心中的擔心與憤怒。

面對眾人質疑的聲浪，努瑪爺爺陷入沉默。想起自己深愛的妻子在受苦，他就心痛。

古拉想得永遠比任何人更遠。儘管整個帳篷鬧哄哄，他仍沉思著，到底該怎麼做才對。

如果那不是一般的動物，而是真會帶來災禍的妖怪，能用什麼方法驅離牠呢？會不會惹怒牠而導致更可怕的後果？有沒有可能，這隻鳥其實和一切夏日的災難，一點關係都沒有？那牠為何而來？

另一方面，古拉注意到，這幾天似乎沒有再增加病人，是否可以說，強身藥草茶發揮了作用？可惜谷民被恐懼和焦慮俘虜，看不見害怕築起的高牆之外的任何事物。

不安，是百病之源。古拉心裡浮現了這句古老的箴言……

「大家先別著急，我先為各位進行安神祈福儀式。之後我們再來討論如何應對。」

古拉的話語像是山頂傳來的鐘聲，將所有的谷民穩穩的包覆其中。帳篷裡的嘈雜喧鬧，一下子全靜了下來。

12

安神祈福儀式

上一次進行安神祈福儀式，已經是很久、很久以前的事了，甚至連古拉也未曾有過經驗。

這個儀式，只有在全體谷民失去了信念時才會進行，而且相當耗費巫醫的體力和法力。谷民們此刻才驚覺到自己失去了信心與勇氣，和一直以來原有的平靜。

除了病人之外，古拉召集了所有的谷民，來到祕密避難所。這個避難所是由巫醫掌管的神聖洞穴，能夠容納所有彩虹谷的谷民。透過歷代工匠的巧手開鑿，不僅白天可以採光，洞穴裡也可以保持通風。洞穴寬廣而安靜，彷彿把生活裡的一切煩擾，全都隔絕在外面，令人不覺放鬆了心情。

古拉口中喃喃念起古老的咒語，陰暗的洞穴裡，沒有木頭，地面卻燃起了一簇火光。小小火光，安靜而沉穩的燃燒著，就像是一盞家門口特意留下的小燈，讓迷路的心找到了方向。所有人都在靜默中，盤腿坐下。他們知道，古拉將要治療他們的心。

「我們遇上了前所未有的考驗和困難，」古拉說，「我們的家人生病痛苦，稻田也受苦，我們的心也受苦。想哭就哭吧！沒有關係。」

可以勇敢，也可以害怕。在彩虹谷，沒有人需要為自己的害怕、脆弱感到難為情，無論男性、女性、大人、小孩都一樣。

轉眼，古拉戴上一個潔白光滑的面具，彷彿皎潔的月亮。接

著，他又戴上了一頂以白色聖鳥羽毛編織成繩辮的頭飾。

站在古拉身後的吉本也戴上相同的裝扮，坐在地上。

吉本的鼓聲緩緩奏起，低沉而穩重，如同堅定的步伐，迴盪在整個洞穴。

古拉開始對著火堆繞行，他踏著緩慢而規律的節奏，慢慢、慢慢的走，口中低聲吟唱著古老的咒語。

每繞行一圈，古拉就會從腰間的布袋中取出一小搓粉末，撒進火焰中。火焰彷彿有生命似的舞動著。

煙霧裊裊，形成好幾股彩色的漩渦，輕柔的相互纏繞共舞，優雅的直天而上，並漫生出一股熟悉的、好聞的味道——那是彩虹谷原野的花香芬芳，讓人舒服得想躺進草地柔軟的懷抱。

岩壁上晃動的光影，不斷變化。每個谷民彷彿在古拉的面具上，看見了最能撫慰他們的溫暖笑顏。

古拉的腳步聲不停，咒語不歇。那咒語彷彿一條傳來輕聲呼喚的小路，指引著迷路的旅人走向回家的歸途。古拉的吟詠如浪，每個谷民的身體愈來愈輕盈，在飄渺而虛幻的夜晚海洋上，在月色下隨著如搖籃的波浪起伏擺盪。

不覺間，谷民們全都閉上了雙眼。

吉本的鼓聲仍舊是那樣低沉、緩慢又穩定，像是父親用強壯堅毅的手，輕拍撫慰著每個人的心，給予依靠。

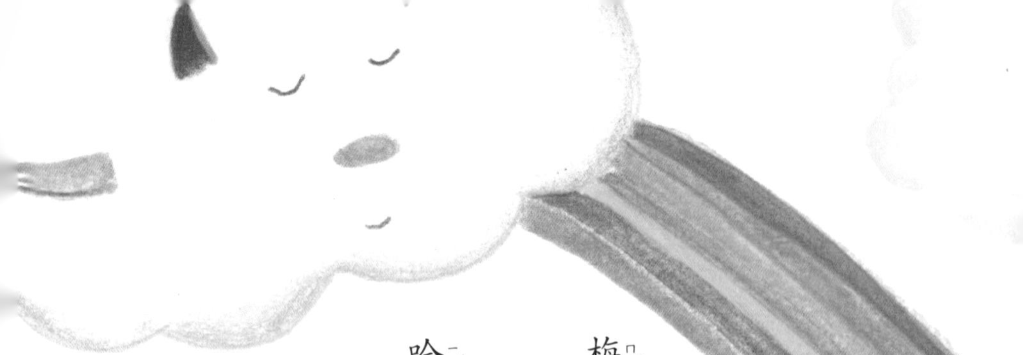

「烏拉咖斯碼，薩姆撒拉梅，拉哈巫斯卡，碼路碼拉薩……」搖曳晃動的光影中，在古拉的安撫吟詠下，每個人都靜了下來，成了一棵棵向下札根，安穩的大樹。

他們的意識，穿越了一道長長的、通向明亮出口的甬道，來到了一片位於藍天之下、綠油油的大草地上。他們看見其他的彩虹谷谷民，也不約

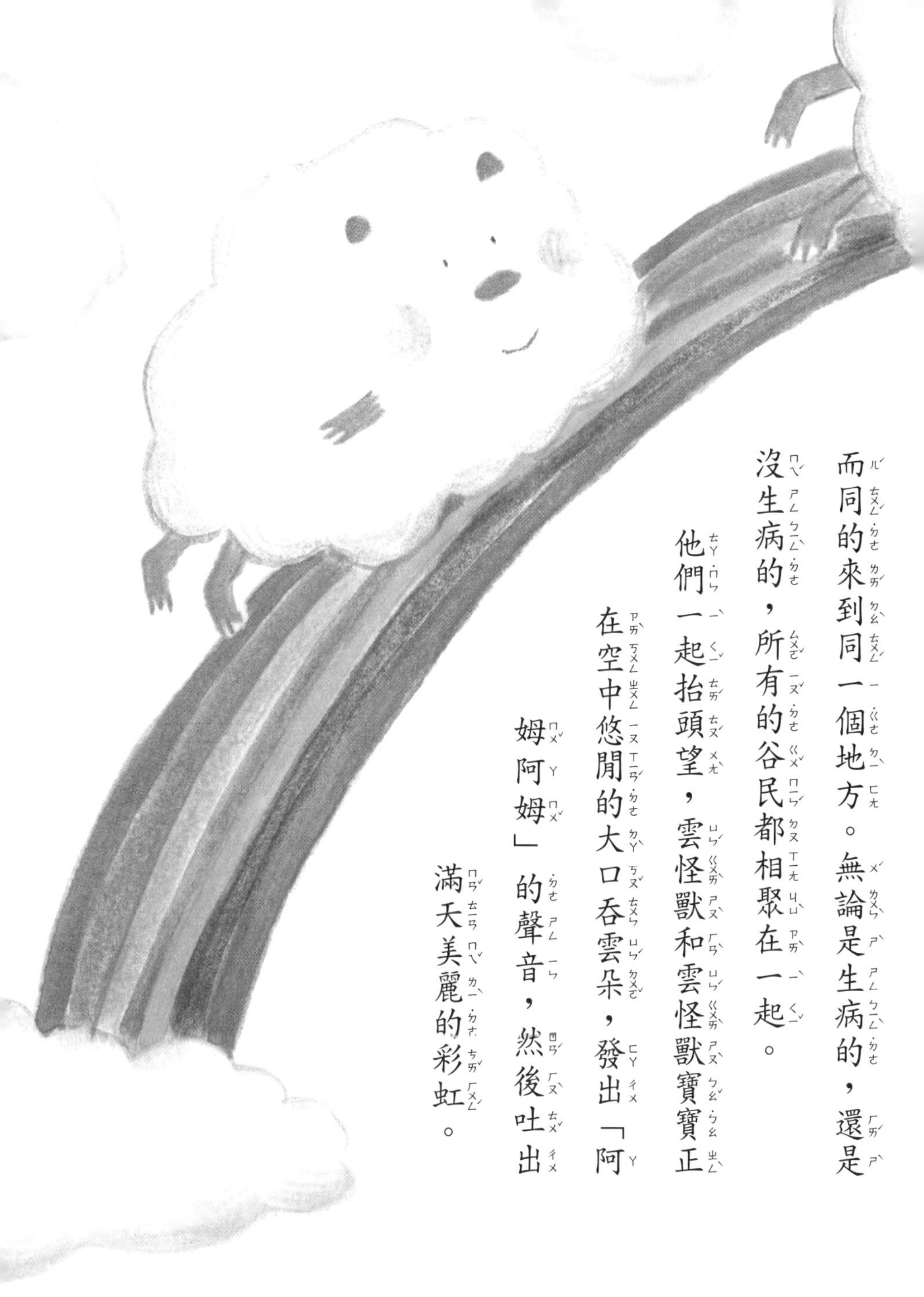

而同的來到同一個地方。無論是生病的，還是沒生病的，所有的谷民都相聚在一起。

他們一起抬頭望，雲怪獸和雲怪獸寶寶正在空中悠閒的大口吞雲朵，發出「阿姆阿姆」的聲音，然後吐出滿天美麗的彩虹。

他們牽起彼此的手，一個接一個，並且微笑著看著彼此，感受到手心的溫暖傳到心裡，連接成溫暖的圓。是的，只要大家團結在一起，就能得到勇氣，什麼挑戰都一起面對，一起度過難關。

當大家再度緩緩睜開眼睛的時候，感覺像是春天從土中發芽的種子，覺得神清氣爽，擁有滿滿的力量。

「我們一定會度過這次難關的！」大家重新找回了面對生活、面對挑戰的勇氣。

「謝謝古拉！」

「謝謝古拉！」

「古拉，辛苦了！」

「古拉！古拉！」

古拉拿下面具，露出被汗水浸溼的欣慰笑容。

13

奇異的訪客

當他們結束儀式，帶著舒緩輕鬆的心情和身體，魚貫走出洞穴，走在最前面的葡吉爸爸——皮魯，卻發出一聲驚呼。

「哇，那是什麼？」

只見皮魯張大嘴巴，用手指著天空，所有人於是跟著抬頭望去——

遠方，稻田正上方的天空中，有個奇怪的東西在盤旋飛行，看起來的確有點像——一隻奇怪的大鳥！

才剛放鬆心情的谷民們，立刻又緊張起來。

「大家別怕，有我在。我去查看那究竟是什麼。」古拉手握

法杖，勇敢挺身上前保護大家。

幾位谷民也挺身站在古拉身旁護衛。

古拉專注仰望著天空中的怪東西，在一番觀察後，他判斷這東西似乎比雲怪獸小很多，那看似翅膀的東西突出在兩側，短得不成比例，也不會拍動。

那到底是什麼？古拉還是沒有頭緒。唉，看來自己必須加把勁進修，最近實在冒出太多自己不知道的事物了。

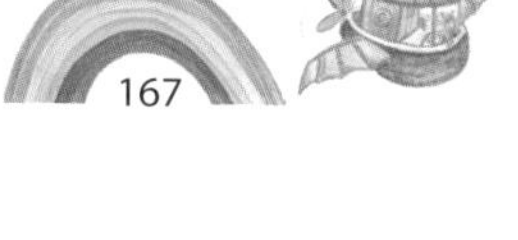

「哇！那個東西下降了！」谷民們慌慌張張的往後退。

怪東西正用很慢的速度，緩緩降落。

當怪東西飛得更低一些的時候，古拉發現，那竟然是一艘彩虹谷谷民從未見過的……船，或者說……是一間橄欖狀的小屋子，卻長了翅膀，但那形體的色澤和質地，像是岩石。

他們沒有見過會飛的船或屋子，大夥兒全嚇壞了。無論那是什麼，能夠讓那麼巨大的東西在天上飛行，一定是很厲害的魔法呀！

「怪東西」終於降落在草地上，大家都感受到地面傳來的震盪，頓時屏住呼吸，一動也不敢動。

突然「嘎～咿～」的一聲，怪東西的側面由上而下掀開，迅速摺疊成了一個帶有階梯的出入口，把谷民嚇得一邊尖叫，一邊轉頭逃跑。

古拉和護衛在他身邊的幾位谷民仍佇立在原地，他們知道自己不可以逃走。所以，當他們看見從裡面緩緩走下的是一位銀髮婆婆，頓時都感到意外和……鬆了一口氣。

「請問各位，是否有看見一隻非常巨大的、黑色的鳥來到這裡？」一下到地面，銀髮婆婆立刻著急的扯著嗓子問。

婆婆身材豐腴，把身上穿的棕色長袖連身褲撐得鼓鼓的，臉上帶著大大防風的眼鏡，看不清面容，但茂密的銀灰色捲髮綁成

了好幾根辮子。婆婆又更靠近大家一些，而且拿下風鏡，露出她滿是風霜皺紋的臉。原來是一位上了年紀的婆婆，她身材胖胖的但動作卻十分俐落，灰色眼睛也散發著睿智的光芒。

接著，另外一位身形瘦小，留著齊耳短髮，身穿灰色長袖連身裙的婆婆也慢慢走下飛船，害羞的向大家點了點頭，又低下頭去，臉上則掛著擔憂的神情。

無論是誰來到彩虹谷，就算是動物，都是彩虹谷的客人，都要以禮相迎，這是彩虹谷的規矩。

「歡迎來到彩虹谷，請問您們是……」古拉莫名的喜歡這兩位婆婆。

「啊啊……」辮子婆婆嗓門不小，態度卻挺和善。「哎呀，我真糊塗，急著找星福鳥，卻忘記自我介紹了，真失禮！」婆婆站挺了身子，將右手掌貼在左肩，行了個鞠躬禮。

「我叫做菇菇亞，來自大海彼端的天空島國。我是一名飛行冒險家，開著我的飛船四處遨遊冒險。這一位是我的旅伴沙拉花。」一旁的沙拉花婆婆露出一個羞赧的微笑，這讓古拉沒來由的放心。

「請問您找的那隻巨鳥長什麼樣子？」古拉腦中剎那間浮現谷民口中的怪鳥，但大家描述的醜惡模樣和眼前兩位慈祥溫和的婆婆，根本無法連結。

這時，一直站在菇菇亞婆婆身後的沙拉花婆婆，慌慌張張的從皮革背包裡拿出一張炭筆素描畫像，古拉和幾個谷民不約而同探出身子、伸長脖子想瞧個清楚。

不看還好，一看大家全變了臉色……正是那隻可怕又可惡的怪鳥！

「……看樣子是有的。」古拉小心翼翼的回答。

「太好啦！」一聽到肯定的答案，菇菇亞像個小女孩似的，拉著沙拉花婆婆一拐一拐的跳起舞來，頭上幾根銀辮子也一起歡欣的飛舞著。

菇菇亞似乎意識到自己的失態，又發現四周的彩虹谷谷民都

露出不安的神色，紅著臉慌忙的解釋：「你們別怕，別怕！牠不會傷害人的。」

「啊，不會傷害人？怎麼可能！牠一來，彩虹谷立刻就遭殃了！」谷民們想起了這陣子惡夢般的生活。

「而且那隻鳥長得很噁心、很可怕，讓人看了就作惡夢。」葡吉的媽媽緹拉不知何時已經悄悄回到附近，一股腦兒把連日來的苦悶都發洩出來。

「啊，是這樣嗎？」菇菇亞婆婆露出落寞的表情。「星福鳥只是年紀大了……」

「星福鳥，是帶來幸福的鳥呀……」沙拉花婆婆聽了緹拉的

話，更是一臉難過的樣子。

「當牠還年輕的時候，是這個模樣……」沙拉花婆婆翻開另外一頁，畫中的大鳥有著豐厚的羽毛，和宛如披風垂地般的氣派尾羽，大而圓的眼睛有一種純真無害的神態。

這一張畫像，動搖了谷民方才的確信。

「唔……」谷民們歪著頭、皺著眉、搔著頭，「好像有一點像，又好像不是……」他們還是不太能夠把畫中的大鳥和所見到的怪鳥，連結在一起。或許，他們心裡的苦惱是：如果這隻鳥不是帶來災害的妖怪，那麼這一陣子發生的所有災難，該怎麼解釋，又怎麼解決呢？

「我來看看……」努瑪爺爺從人群中走了出來，拿著畫像端詳了好一會兒，開口說：「這的確是同一隻鳥，雖然外觀有點不一樣，但是從牠的嘴喙和腳爪，還有羽尾的特徵來辨識，就是同一隻鳥沒錯。」

原來，這隻鳥從前是這樣神氣又漂亮，惹人疼愛——哪裡有半點妖怪喇呼呼的影子呢？

「對了！」菇菇亞婆婆突然想起什麼似的問道：「你們這裡應該也有人生病了吧？發燒，冒冷汗，作惡夢，嘴裡胡亂說話，身上還長了可怕的紅疹子！」

「是！您怎麼知道？」古拉聽了大吃一驚。

「哎呀，果真如此！」菇菇亞婆婆說：「星福鳥這次的飛行路線，碰巧和一道來自遠方的暖流重疊。這陣暖流所到之處，總有人會生病，我在半路上也生病了！不過，別擔心！病情看起來很可怕，但大概十幾天就會好啦！要不了性命的。只是上了年紀的老人和小孩子最容易出狀況。」

「喔，是這樣嗎？」古拉有些不敢相信，但婆婆的話聽起來很真誠。聽到病症會自動消失，古拉心裡還是覺得輕鬆了一些。

「古拉、古拉！」

「古拉、古拉！」

這時，遠方傳來魯歐急切的叫喚聲。

「病人、病人……」

「病人怎麼了？」古拉語氣鎮定，一顆心卻懸在半空。

「病人……病人……」魯歐喘得上氣不接下氣。

「病人……病人……」魯歐還在喘，這可急死古拉了。

「病人都清醒啦！」話終於從魯歐嘴裡完整的綻開，臉上的微笑也是。

「真的嗎？太好啦！」古拉跳了起來。「兩位婆婆，不好意思，可以先等我去看一下情況嗎？」

14

星福鳥

「真是太好了！」

「大家都清醒過來了！」

「太棒了！」

不只是卡路、力波爺爺，連拉那奶奶、小妲瓦和其他生病的谷民都退了燒，身上的疹子也都消失了。

古拉和魯歐的藥奏效了！

當兩位婆婆得知魯歐花了七天左右就把病人的病治好，菇菇亞婆婆發出驚歎：「哎呀！你們的醫術好厲害，竟然這麼快就讓病人痊癒了！」

菇菇亞婆婆不斷稱讚著：「我們之前可沒這麼幸運，折騰了

十多天才好呢！要是能早一點遇上你，就可以少受點苦了！」

「呵呵呵！」魯歐聽了十分得意，自己的努力沒有白費。他已經好幾天沒睡了，但他可沒打算休息，倒想拿笛子來好好吹一曲呢。

「對了，請問現在星福鳥在哪裡呢？」沙拉花婆婆再也耐不住心中的焦急。「可以帶我們去看牠嗎？」

「真是不好意思，我們連日來對抗這怪病終於有了成效，實在太開心了。我現在馬上就帶兩位過去看牠。」古拉抱歉中仍難掩興奮：「我們誤以為，您說的星福鳥是帶來災害的紅眼睛妖怪，真是抱歉。」

「等等……紅眼睛？」沙拉花婆婆緊張的說：「你確定嗎？」

「嗯，是血紅色的眼睛，嚇死我們了呀！」緹拉對那隻鳥仍然十分恐懼，其他的谷民紛紛表示附和。

「不、不對！牠的眼睛應該是金黃色的啊……」菇菇亞婆婆說：「難不成我們搞錯，追丟牠了嗎？」

「糟糕，牠該不會生病了吧？」沙拉花婆婆馬上紅了眼眶。

「我們先去看看牠再說，別瞎緊張。」菇菇亞婆婆安慰著沙拉花婆婆。

兩位婆婆對星福鳥發自內心的關心全寫在臉上，讓古拉完全

放下心中的警戒。

由鐵米領路，古拉和幾位谷民陪同兩位婆婆一起去尋找星福鳥。

在前往探視星福鳥的路上，菇菇亞婆婆開始說起了牠的故事——

在一次的飛行冒險中，菇菇亞偶然遇見了在星空飛翔的星福鳥，也因此遇見正在觀察星福鳥的鳥類學者沙拉花婆婆，兩人都是第一次看見這樣的鳥類。

沙拉花告訴菇菇亞，她從未見過另一隻——牠很可能是天地間獨一無二的。

那天夜裡，她們被星福鳥在星空中飛舞的美麗奇景深深吸引，還一起幫牠命名。後來兩人便結伴旅行，開始了追隨星福鳥的人生。

她們就這樣跟著星福鳥橫越無數陸地和海洋，連時間都忘了。一轉眼，她們已從黑髮變成了銀髮，原本能一日飛行萬里、羽毛豐滿的星福鳥，也成了羽毛稀落、體力衰微的狀態了。

「星福鳥只在夜間活動。牠終其一生的目標，就是在尋找最美的星空奇景。」菇菇亞婆婆說：「牠降落停留的地方，總有令人驚嘆的星空奇景。」

「原來如此！」古拉說。「彩虹谷的星空的確很美麗，而且再過幾天將會有百年一次的壯麗流星雨。或許星福鳥感應到了，才來到這裡。」

「我們很擔心牠，因為牠的年紀已經很大了……」沙拉花婆婆幽幽的說。「這裡很可能是牠停留的最後一站了……」

古拉想說些安慰的話，卻不知說什麼才好。

說著說著，他們已經來到星福鳥所在的山坳，兩位婆婆立刻奔上前去。其他的谷民還是有些害怕，站在稍遠處觀看。

星福鳥果然認得兩位婆婆。見到兩位婆婆，星福鳥激動的想出聲。但很顯然，牠虛弱得連聲音也發不太出來了。

看見婆婆和怪鳥的互動，谷民才壯起膽靠近一些。

「是病了沒錯！」沙拉花婆婆說：「牠原本年紀就很大了，可能因為長途飛行，又遇上這陣風，變得更虛弱了。哎呀，我的寶貝，你一定很難受。」

沙拉花婆婆像是照顧自己的孩子一般，輕輕撫摸著星福鳥，擔心的哭了起來。星福鳥的眼睛也滾落了淚水。

一旁的彩虹谷谷民看在眼裡，鼻子都酸酸的。現在一看，星福鳥雖然體型龐大，長相奇特，實際上卻非常溫馴。

「兩位婆婆請別擔心，」古拉走上前，「我們可以一起幫忙

治療星福鳥。」

「是的！我們會幫忙照顧牠的。」其他的谷民也紛紛表達關心。如今確認那隻鳥不是帶來災難的喇呼呼，而是熱風帶來的影響，谷民心上的恐懼也消除了大半，恢復了平時的熱心。

「那真是太感謝了、太感謝了！」沙拉花婆婆拉著古拉的手，不斷流淚道謝。

「可惜，彩虹谷的湖泊全都被藻類給占據了……」古拉心疼的撫摸著星福鳥的羽毛。一想起湖泊、水塘被那些難以清除、快速繁殖的綠色絲藻占據，自己偏偏又找不出解決方法，古拉感到十分歉疚。

「要是湖裡沒有那些藻類，彩虹谷的星空夜景會更美麗。你不遠千里而來，希望不會讓你太失望。」

15

葡吉的計謀

為什麼只有銀耳湖不會長藻類？

聽見古拉和婆婆的對話，這幾天一直盤旋在葡吉心中的疑惑，又再度浮現。

或許，「她」有辦法解決綠絲藻的問題！只是……那可能不是大家會讚許的方式，尤其是亞比，一定不會同意。

「你又在動什麼歪腦筋吼？」亞比那張可愛卻過度嚴肅的臉，一下子又湊了過來，兩顆大眼睛直盯著葡吉。

「我沒有啊，不要亂懷疑我啦！」葡吉的表情又酸又苦。

「亞比根本隨時都在監視我嘛！」

「哼，那就好。」

儘管嘴巴這樣說，葡吉的腦子裡卻有什麼想法，不受控制的偷偷啟動。

「啊，要是陶鍋湖的湖水也能像銀耳湖的那樣乾淨就好了……」葡吉一邊自言自語著，卻一邊偷瞄雲怪獸寶寶。

雲怪獸寶寶果然正專注著聽自己說話。

「可惜我沒有辦法，把陶鍋湖變得像銀耳湖一樣乾淨，」葡吉繼續像是喃喃自語似的，「希望能趕上百年流星雨的奇景啊！我超想和你一起看耶……你知道嗎？」

「普——計！」雲怪獸寶寶歪著頭，似懂非懂，接著一溜煙飛走了。

雲怪獸寶寶到底有沒有聽懂自己的意思呢？這個計畫會成功嗎？葡吉看著雲怪獸寶寶消失在天際，沒有太多把握。

「葡吉，雲怪獸寶寶為什麼突然跑走啦？」

亞比一連叫了幾聲，葡吉都沒回話。

「葡吉！」亞比提高音量。

「啊？」葡吉這才回過神來。

「我——問——你——」亞比刻意一個字、一個字慢慢的說。

「你一直盯著天空做什麼？」

「啊？天空？沒有啊？」

「明明就有！」

「啊，我只是好期待看見流星雨喔！」

「只是這樣嗎？」

「是啊！騙你做什麼？」葡吉自問沒有說謊。

「其實，我也好期待！」單純的亞比也望著天空，露出嚮往的表情。

接下來的兩天，葡吉每天天一亮，就跑到陶鍋湖去觀察情況，而且幾乎每隔一個小時就去探一次。可是，湖裡的藻類還是一樣糟糕。

雲怪獸仍然只是偶爾飛到銀耳湖所在的森林上方吃吃雲朵，

吐吐彩虹，然後又回去繼續泡水、睡覺，就是不往其他地方飛。

偏偏這兩天雲怪獸寶寶出現時，只是傻呼呼的跟在一旁，好像什麼事也不知道，愛嘮叨的亞比又不時在身旁緊盯著，讓葡吉都快急瘋了。

莫非自己的計策失敗了嗎？雲怪獸寶寶傻呼呼的盯著葡吉，好像一點也不了解葡吉的心。

眼看明天就是傳說中百年流星雨來臨的日子了。

難道，真的沒有希望了嗎？葡吉，好急好急呀！

耶！

就在流星雨降臨當天的一大清早，陶鍋湖畔發出了一聲超大的歡呼。

「陶鍋湖又變得好乾淨、好漂亮了！綠藻都不見了！真的太棒了！」葡吉像發瘋似的從湖邊一路跑，一路大聲宣布他驚人的發現。

「這是怎麼回事？是真的嗎？怎麼可能？」聽到消息的谷民，全湧到陶鍋湖邊，有的猛揉眼睛，有的目瞪口呆。

真叫人不敢相信，這是奇蹟！整片湖水在一夜之間都變乾淨了——不只是乾淨，而是非常乾淨！連一絲綠藻也沒有，水的顏色變回了澄澈的藍色。

「這、這一定是雲怪獸的恩賜！」

古拉望著眼前閃爍晨光的陶鍋湖，感動的說不出話來。

「果然還是成功了！咧咧嚕咧～～」葡吉掩不住好心情，嘴裡不自覺的唱著歌。

「什麼叫成功了？」亞比問：「你做了什麼嗎？」

「普——計！普——計！」雲怪獸寶寶很得意的對著葡吉叫

喚，讓亞比更起疑。

「沒、沒事，就是我每天每夜真誠的祈禱成功了……」葡吉愈說愈小聲。「今天晚上的星空，又會像以前一樣美麗了！」

「嗯！雲怪獸真的、真的很保佑我們。」亞比露出了笑容。

病人都痊癒了，谷民擺脫了恐懼，陶鍋湖也恢復美麗，大家得以一起迎接流星雨的到來，這是多麼大的祝福。

在大家齊心的照料下，星福鳥的疾病得到妥善的治療，原本的紅眼睛終於回復成金黃色，加上有兩位婆婆的陪伴，恢復了不少元氣。

今晚，百年一次的流星雨就要登場了，一連串的好事，振奮

了彩虹谷谷民連日以來低落的心情。

這一切，都要感謝雲怪獸的保佑。

「偉大的雲怪獸！」

「偉大的雲怪獸！」

「感謝雲怪獸！」

「感謝雲怪獸！」

古拉領著所有谷民，對著美麗的湖水，吟唱起感謝雲怪獸的頌歌。

16

流星雨奇景

傍晚時分，力波爺爺帶領著全體谷民和兩位婆婆，乘上大大小小的木船，划進陶鍋湖湖心。

慢慢的，夜幕鋪滿整片天空，閃爍的星光霎時亮起，打亮了夜空舞臺。陶鍋湖的夏季星空真的好美，比記憶中的更美，尤其在這片景色失而復得之後。

天上的星星完美倒映在湖水裡，像是兩個天空，兩道銀河，融合成一片。

所有人凝望著星空，在繁星閃爍的效應下產生了如夢似幻的錯覺：天空如此遼闊遙遠，卻又彷彿將一切摟在懷抱裡。他們覺得自己也化成了星子。

不知何時，夜空中更遠的深處，竟有更多的星星一顆一顆慢慢浮現，就像演員般從舞臺的深處慢慢現身；一點一點、一點一點、一點一點，速度愈來愈快，數量愈來愈多。最後，大家還來不及反應過來，夜空已成了汪洋的星光之海。

啊，真是太美了！

咻——

正當大家為眼前的景致所驚豔時，一顆閃亮的流星劃過天際，率先躍下舞臺。接著，一顆、兩顆、三顆……數不清的流星爭先恐後，開始以絢麗的姿態滑落，拖曳出長長的光的尾巴——

夜空下起了清涼絢爛的流星雨。

大家都看呆了，甚至無暇發出驚嘆。

「呱！」一聲清脆的鳥叫，自天邊響起。

「是星福鳥！」沙拉花婆婆指著天空，大家循著婆婆的手指方向望去，星福鳥展開巨大的翅膀，飛上了夜空。

「呱～～呱～～」儘管看起來有些吃力，年邁的星福鳥仍舊非常努力的拍動著翅膀。嚮亮的叫聲中，洋溢著興奮和期待。星福鳥原本破落不全的黑色羽翼，此刻竟閃爍著和星空相同的光芒。

滿天的星斗更加熱烈的閃爍與滑落，像是在迎接星福鳥。

「星福鳥好美喔！」大家紛紛發出讚美。

「星福鳥在星空中快樂飛舞的時候，身上的羽毛會隨著當時的星空變化，每次都不同。」沙拉花婆婆向大家解釋。

星福鳥不斷盤旋，不斷飛升，用盡全身的力氣，朝星空飛去，飛進深邃無邊的宇宙。

這時，星福鳥的羽毛，隨著牠的振翅，一根、一根脫離了身體。落下的羽毛，一脫離星福鳥的身體，就變成了金色，在天際化成了星光的雨點，從好高、好高的夜空裡灑落。

陶鍋湖的上空下起了另一場金色的星光之雨，金銀交織的雨種星光，巧妙的融合在一起，從天而降，又像是不斷從湖裡綻放。

所有人沐浴在光雨中，不自覺展開雙臂，仰起臉，迎向光雨。

在光雨中，每個人都想起了自己最美好的回憶。

在光雨中，每個人都看見了自己最想看見的景色。

在光雨中，每個人都感覺自己和天上的星星，和整個宇宙，連結在一起。

一股「我會永遠、永遠都很幸福」的念頭，從每個人的心底不斷湧了上來，把每顆心灌注得滿滿、滿滿的。

當大家沉浸在幸福中，在離地面好遠、好遠的高空裡，星福鳥仍然持續奮力的往上飛呀、飛呀，朝星空深處而去。可是，牠的年紀是那麼大，身體是那樣虛弱，眼看就要飛不動了。

牠拼著體內僅存的力量，拍動翅膀。

呱！

星福鳥終於還是用盡了力氣，發出一聲不甘心的哀鳴，直直向下墜落。

突然，墜落停止了，星福鳥被什麼東西托住了。

柔柔的，軟軟的，好舒服，好安全。

不是別人，正是彩虹谷的雲怪獸，用她巨大又柔軟的身體，穩穩的接住了星福鳥。

「唔——唔——」

雲怪獸的聲音，像是在對一位老朋友說，不要擔心，我陪著你。雲怪獸載著星福鳥，繼續往上飛，繼續完成未完的最後一段旅程。

呱！

似有若無的，天空的最深處，隱隱傳來星福鳥的最後一聲叫聲。接著，像是一場夢似的，星星同一時間停止了墜落騷動，恢

復成靜謐的夜空。

等了好一段時間，卻沒有看見星福鳥回來。

「媽媽……星福鳥……怎麼不見了？牠怎麼了？」亞比感到困惑。

每個孩子眼眶都感覺到熱熱的，好像有一點點悲傷。

「我想，」努莎溫柔的看著自己的孩子，「星福鳥去了牠最想去的，最美好的地方。」

聽了媽媽的話，亞比露出微笑，一旁的孩子們也笑了。

「星福鳥，一定是到星星的世界去了吧！」

「嗯！一定是的！」

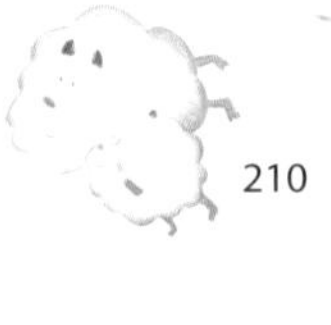

孩子們展開了笑顏，對此深信不疑。

就在下一個瞬間，地面上的每個生命，不約而同的看見，就在雲怪獸星座的正上方，亮起了一顆格外明亮的星星——一顆前所未見，全新的星星！

那顆星星不斷閃動，就像星福鳥為了讓孩子們安心，正回應著他們。

「那是……星福鳥變成的星星！」

「哇！」

「好美喔！」

「太美了！」

「我們有一顆新的星星耶！」

每個人緊靠著彼此，凝望著那顆美麗的星星。

「再見了，星福鳥。謝謝你，辛苦了，好好休息吧！」菇菇亞婆婆和沙拉花婆婆依偎著彼此，對著星星說。

流星雨停止落下的夜空，仍舊閃耀著滿天的星星。

而如今，黑夜裡再沒有恐懼。

17

告别

在古拉的盛情邀請下，兩位婆婆在彩虹谷小住幾天，接受谷民的款待。

菇菇亞婆婆很大方的帶谷民參觀她的石頭飛行船。當孩子們觸摸飛船時，驚奇的發現，那分明是石頭的船身，卻像是麵包一樣蓬鬆鬆的、軟綿綿的，實在太神奇了。

婆婆告訴他們，就像彩虹谷有雲朵和彩虹的魔法，她們天空島國有飛行的魔法，讓彩虹谷谷民直呼驚奇。

婆婆帶著谷民輪流搭乘了石頭飛船，滿足大家的好奇心。從來沒有飛行經驗的谷民，體驗了讓他們心驚膽跳、卻又大呼過癮的飛行。

當婆婆載著他們穿過雲怪獸吐出的彩虹，和雲怪獸一起飛行，每個彩虹谷谷民都感動得哭了。

雲怪獸母子似乎也很喜歡飛船，竟不受烈日的影響，在天空中一起玩遊戲。菇菇亞婆婆駕駛著飛船在彩虹間穿梭翻滾，進行特技飛行，讓大家看得拍手叫好。

除了搭乘石頭飛船，心靈手巧的沙拉花婆婆，也幫每位谷民畫了一張畫像，讓大家樂歪了。

夜裡，谷民圍繞著兩位婆婆，聽她們分享和星福鳥一起旅行的冒險故事。原來，外面還有那麼廣大的世界，充滿令人意想不到的神奇事物，讓彩虹谷的老老少少，都聽得迷醉。

古拉想念起幾位退休後也離開彩虹谷去旅行的長者。不知道，他們又看見了什麼樣的風景，遇到什麼有趣的事情呢？古拉期待著他們的歸來，與他們再次相聚。

或許是因為年紀相仿，兩位婆婆和力波爺爺、努瑪爺爺和拉那奶奶這些長者特別有話聊，每天都聊到深夜，直到隔天清晨才入睡。尤其是力波爺爺，難得遇到星星的同好，說起話來滔滔不絕，滿臉飛揚的神采，簡直就像個小男孩。大家都覺得，這樣的力波爺爺好可愛。

孩子們安安靜靜的圍繞在一旁，睜著他們晶亮的小眼睛，興味盎然的聽爺爺、奶奶們說話。只是他們有些不明白，為什麼這些爺爺、奶奶會一下子歡笑，一下子又低頭頻頻拭淚呢？

就這樣，兩位婆婆和彩虹谷谷民共度了一段快樂的時光，忘記了煩惱，忘了那熱風依舊呼呼的吹。

「婆婆，您們接下來還要繼續旅行嗎？」亞比問。

幾天相處之後，亞比和兩位婆婆變得很親近。

「星福鳥結束了牠的旅程。我想，我們也該回家了。」聽了菇菇亞婆婆這麼說，沙拉花婆婆也笑著點頭。

「真希望婆婆們可以多住幾天。」

「或者您們可以留下來，跟我們一起住在彩虹谷。」

孩子們的捨不得，全都寫在臉上。

「我們已經旅行了好久，年紀也大了，其實身體已經有些受不了了，似乎也到了該回故鄉去的時候了。」

再如何不捨，離別的時刻，終究還是到來了。魯歐送給兩位婆婆用心調配的保健養生藥草包，還附上了詳細的煎煮方式。力波爺爺送給兩位婆婆他親手製作的木製幸運符，上面刻著雲怪獸吐出彩虹的圖案。彩虹谷的媽媽們準備了各自最拿手的餐點，讓兩位婆婆在路上可以吃得飽、吃得好。每個孩子都給兩位婆婆一個深深、深深的擁抱。

「路上請小心，一路平安。」古拉代表彩虹谷谷民，向兩位婆婆表達祝福。

「再見了，歡迎你們到天空島國來玩喔！」兩位婆婆臉上的表情，就像每個要結束旅程的旅人一樣，有些疲憊，有些不捨，還有回家的期待。

石頭飛船起飛了，兩位婆婆不斷探出頭來，對著地面招手。

「再見！再見！」

「再見！一路平安！」

「馬拉屋撒斯地瓦，馬烏拉姆撒哪瓦，斯魯瑪雅嘎亞斯，姆

卡斯嚕咪薩達……」

透過小窗，婆婆們聽見從地面傳來的歌聲。那是由巫醫古拉帶領谷民，以彩虹古語吟唱獻給兩位婆婆的〈珍重頌歌〉。

歌詞意思是：「我最珍貴又珍愛的朋友呀，感謝你們不遠千里辛苦到訪。無論下次相聚還多遠，相信我們已共度生命最美好的時光。」

歌聲中，彷彿事先就知道婆婆們要離開，雲怪獸和雲怪獸寶寶出現在天空中，並且猛烈的打起嗝來。漫天的彩虹，代表了彩虹谷的心意。

「哇！這彩虹真是太美了！謝謝雲怪獸和最可愛的寶寶！

謝謝彩虹谷的各位！」婆婆們探出窗外，一面拭淚揮手，一面高聲道謝。

雲怪獸和雲怪獸寶寶一直跟著飛船前進，不斷施放彩虹，直到婆婆的小飛船消失在天空。

不知道還有沒有機會能再見到兩位婆婆呢？或許，有一天還會再見面吧！孩子們一面回味著婆婆們留下的美好回憶，一面天真的期盼著。

18

幸福的夏天

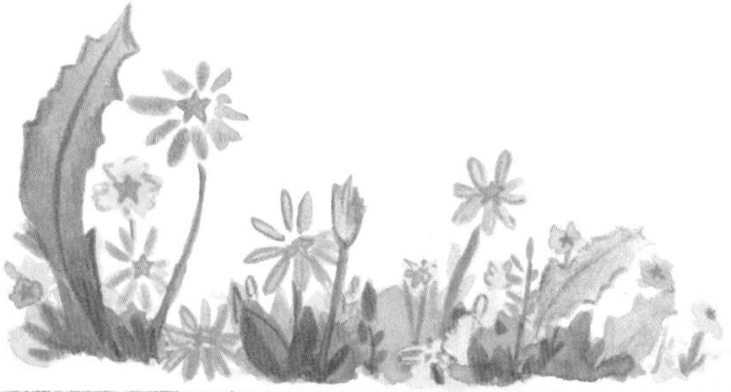

熱風還是持續的吹著，卻再也沒有人因而感到恐懼害怕了。

隨著秋天的腳步愈來愈近，熱風一天一天減弱。水中的綠色絲藻，生長速度也漸漸慢了下來，加上谷民努力清除和雲怪獸暗中的幫忙，彩虹谷的水域正一點一滴的恢復原來的清澈面貌。

今年的稻米收成看來會遠不及往年了，但是一點也不需要擔心，總還有別的東西可以吃，而且還是可以期待明年、後年，還有往後的每一年。每位谷民仍舊認真踏實的努力著。

倒是有件令人驚喜的事情發生。彩虹谷的原野長出了未曾見過的金色小花。魯歐更發現，這種小花還可以當花草茶喝，清爽的香氣，對消除疲勞非常有效果。

有人說，那是星福鳥留下的禮物，所有谷民都毫不懷疑。

這些未曾見過的美麗花

朵，使得彩虹谷有了不同的風情，增加了更多的色彩和活力，每位谷民都由衷感謝星福鳥為他們留下這麼特別又美好的禮物。

這陣熱呼呼的風，到底是從哪裡來的呢？

一定是從很遠、很遠、很遠的地方來的吧？

古拉想像著，那風從非常遙遠的、不知名的國度，翻過一層又一層的高山，愉快的踏著海浪，橫渡大海，把途經的事物帶到了彩虹谷，不論是好的，或還有不那麼好的，全都當成了拜訪的贈禮。

巫醫的典籍裡面記錄了很多規律的事情——像是四季的更迭，還有百年一度的流星雨。

但古拉愈來愈理解，有更多事情是超乎他的想像，也無法預期的——就像雲怪獸寶寶的誕生，今年這不尋常的熱風，星福鳥的存在，來自遙遠國度的婆婆，和彩虹谷星空得到一顆新的星星——這些都是多麼不可思議的事呀！

婆婆說得沒錯，星福鳥是會帶來幸福的鳥兒。因為星福鳥的到訪，讓原本就能帶來幸福的百年流星雨奇景，增添了十倍、百倍、千倍的幸福。

彩虹谷的每個谷民，一輩子都會記得這次的景象。每當想起那個不可思議的夜晚，心裡就會幸福滿溢。而星福鳥化成的星星，會在彩虹谷的星空中永恆閃爍；牠的故事，也將成為新的傳

說，永遠流傳下去。

這個夏天，雖然充滿意外和驚險，卻也是一個充滿驚喜與感動，收穫滿滿的夏天。

古拉牽著努莎和亞比的手，一面回味著這個夏天發生的點點滴滴，一面朝著力波爺爺湖邊的家漫步而去。

今晚，力波爺爺又要為孩子們說星空故事了。

「亞比，快點！就只等你了！」遠遠的，亞比就聽見葡吉急切的催促。陶鍋湖岸邊的小船正等待著亞比，一同駛向滿是星星和故事的世界。

「我來了，等等我！」亞比大聲回應。「爸爸、媽媽再見！」

匆匆和爸爸、媽媽道別後，亞比頭也不回的衝向同伴。

「爺爺，你上次答應過，要一次說十個故事喔！」小船才一入水，葡吉立刻唯恐爺爺賴皮似的提醒著。

「咦？有這回事嗎？」正划著槳的力波爺爺，歪著頭問。

「有！有！有！明明就有！」其他孩子著急得鼓噪起來。這次連亞比和卡路，都難得和葡吉同一陣線。

「哈哈哈，你們這幾個小腦袋，真拿你們沒辦法！好！爺爺今天就說十個吧！」力波爺爺的嗓音裡，有藏不住的歡喜。

「耶！」

黑夜裡，力波爺爺的小木船再度駛進湖心。

天空中，湖面上，都是星星。

力波爺爺停下槳，抬起頭，緩緩舉起手，食指指向天際：

「我們彩虹谷谷民的宇宙，是以雲怪獸星座為中心的喲……」

XBSY0066
彩虹谷 雲怪獸系列

夏日的黑鳥疑雲

作者｜王宇清
繪者｜邱　惟

字畝文化創意有限公司
社長兼總編輯｜馮季眉
主　　　編｜許雅筑、鄭倖伃
特 約 編 輯｜洪　絹
編　　　輯｜戴鈺娟、陳心方、李培如
美 術 設 計｜劉蔚君

出　　版｜字畝文化／遠足文化事業股份有限公司
發　　行｜遠足文化事業股份有限公司（讀書共和國出版集團）
地　　址｜231 新北市新店區民權路 108-2 號 9 樓
電　　話｜(02)2218-1417　傳　　真｜(02)8667-1065
客服信箱｜service@bookrep.com.tw
網路書店｜www.bookrep.com.tw
團體訂購｜請洽業務部 (02) 2218-1417 分機 1124
法律顧問｜華洋法律事務所 蘇文生律師
印　　製｜中原造像股份有限公司

2023 年 11 月　初版一刷
定價｜350 元
書號｜XBSY0066　ISBN｜978-626-7365-15-1
EISBN ｜978-626-7365-20-5（PDF）978-626-7365-23-6（EPUB）

國家圖書館出版品預行編目（CIP）資料

夏日的黑鳥疑雲/王宇清文；邱惟圖. -- 初版. -- 新北市：字畝文化出版：遠足文化事業股份有限公司發行, 2023.11
面；　公分

ISBN 978-626-7365-15-1(平裝)

863.596　　111013084